KB023962

책 읽고 글쓰기

책 읽고 글쓰기

서울대 나민애 교수의 몹시 친절한 서평 가이드

나민애 지음

서울문화사

머리말

책은 많다. 그런데 책에 대한 글, 즉 서평은 그만큼 많지 않다.

서평을 쓰려는 사람은 많다. 그런데 서평을 가르치는 기관이나 전문교재는 많지 않다.

많고 적음 사이에 큰 괴리가 있는 셈이다.

괴리는 고뇌를 낳는다. 고뇌가 좋을 리 없다. 나 역시 괴리 사이의 고뇌를 원하지 않는다. 다른 이가 고뇌하도록 괴롭힐 생각도 없다. 단언컨대, 서평 책 저술은 내 인생 계획에 없었다. 그럼에도 불구하고 당신과 내가 이렇게 만난 이유는 단 하나. 바로 내 학생들 때문이다. 내가 사랑한 학생들로 인해 이 책은 시작되었다.

나는 대학교에서 '어린' 학생들을 가르치고 있다. (사실, 그들은 자신이 20살이 넘었다는 이유로 전혀 어리지 않다고 생각하고 있는데, 그 진지한 얼굴이 그렇게 귀여울 수 없다.) 나는 내 학생들을 종종 '어린이'나 '아가'라고 부른다. 혹여 빛나는 그들이 자존심 상할까 눈치 보면서 "자, 우리 아가들, 칠판 보세요" 하고 말한다. 고등학교 때 상당한 지식을 쌓고 온 학생들이고 나보다 영어도 유창하지만, 이들은 글쓰기 앞에서 정말로 '아가'가 된다. 그래서 나는 처음 만난 날 말한다. 우리 잘난 척은 그만 내려놓고, 첫 글자부터 차근차근 '걸음마'부터 시작하자고. 그러면 학생들은 눈을 빛내며 고개를 끄덕인다. 그렇게 나는 학생들의 글쓰기 걸음마를 한 자 한 자 시작했다.

'쓰기'란 삼형제 중의 막내와 같다. 쓰기는 결코 '혼자'서, 혹은 '먼저' 태어나지 않는다. 모든 쓰기는 콘텐츠라는 이름의 큰형, 콘텐츠 이해라는 둘째 형 다음에 태어난다. 그러므로 쓰기를 위해서는 읽고, 이해하기를 동반해야 한다. 이 삼형제를 한꺼번에 다루기 가장 좋은 영역이 바로 '서평'이다. '읽고 이해하고 쓴다'는 3단계란, 고대로부터 내려오는 쓰기의 절대룰이라고 말할 수 있다. 정리하자면, 서평은 단순한 글쓰기가 아니다. 그것은 공부와 글쓰기의 접점이다.

공부와 글쓰기를 가르치기 위해 학생들의 서평을 받아 읽고 고쳐주고 다시 가르쳤다. 2007년부터 매년 최소 200명 이상의 학생들을 만났고 매년 최소 200편부터 400편에 달하는 학생들의 서평, 영화평, 감상평을 읽고 첨삭했다. 그 과정에서 나는 아이들이 무엇을 어려워하고, 무엇에 목말라하는지 알게 되었다.

학생들이 찰떡같이 알아들어서 좋은 반응이 있자 다른 학교, 다른 단체에서도 서평을 공부하고 싶다는 요청이 많아졌다. 오히려 학교 밖에서 학생의 눈빛을 지닌 사람을 더 많이 만난다. 그래서 책을 쓰게 되었다. 학교의 아카데믹한 성격을 많이 지우고, 서평을 쓰고 싶은 모든 사람을 위한 쉬운 책을 만드는 것이 오늘의 목표이다. 짧은 시간에 서평 쓰기의 틀을 익히기, 어렵지 않게 서평 쓰기에 도전하기가 이 책의 과제다.

사실, 내가 학생들을 '아가', '꼬마'라고 부르는 데에는 비밀스러운 이유가 있다. 우리 집에는 아가였던 한 꼬마와 꼬마였던 한 청소년이 살고 있다. 그중 더 어린 사람은 한글을 배우는 중인데 앞으로도 한참 더 배워야 할 것 같다. 나는 날마다 아이의 작은 손을 잡고 '가나다'를 읽으며 함께 쓴다. 우리 집에서 가장 어린 사람뿐만 아니라, 나도 당신도 글자 쓰기를 그렇게 배웠다.

펜은 하나여도 그 펜을 함께 잡는 손은 두 개일 수 있다. 내 아들의 손을 잡고 글자 걸음마를 할 때마다 나는 서평 걸음마를 하는 다른 손을 생각했다. 그 마음이 전해지길 바란다. 이 책은 서평 쓰기를 할 때 당신의 손이 외롭지 않도록, 나아갈 방향을 모르지 않도록 함께 잡아드릴 것이다.

나민애

차례

2부 · 서평러의 기초 체력 키우기

부록 · 서평 쓰기 실전 활용 꿀팁

이 책 다 읽으려고?

책 읽기 전에 당신의 **글쓰기 욕망**부터 읽자.

그게 바로 우리의 선택과 집중을 위한 첫 단계다.

1부

서평 체급 정하기

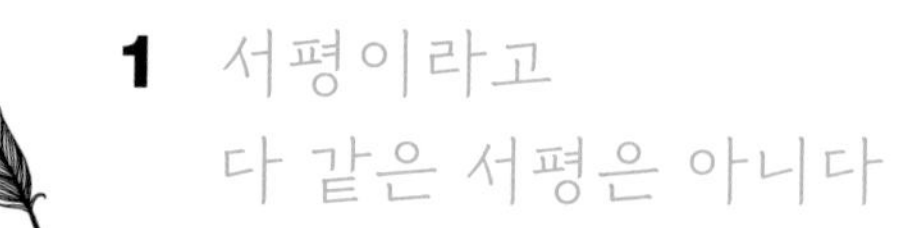

1 서평이라고 다 같은 서평은 아니다

말 그대로다.

서평이라고 다 같은 서평이 아니다. 5,000자 이상 긴 글도 서평, 100자 이내 짧은 글도 서평이다. 원고료 받고 작성하는 전문 서평도 서평이고, 자기 돈으로 책 사서 쓰는 블로그 서평도 서평이다. 서평의 종류는 많다. 앞으로 매체, 플랫폼이 다양화되면 서평의 종류는 더 많아질 참이다.

큰 카테고리에서 모두 다 '서평'이지만, 디테일은 조금씩 다르다. 이 중에 당신이 쓰고 싶은, 혹은 써야만 하는 서평이 있다. 그것부터 정하고 가자. 그 많은 서평 중에 무엇이 '나의 서평'인가. 목표가 구체적이어야, 방법도 구체적일 수 있다.

지금부터 우리는 얼마나 많은 형태의 서평이 존재하고 있는지 함께 살펴보려고 한다. 독자께서는 서평 종류들을 그냥 눈으로 훑지 말고 손에 연필을 들고 보시라. (가급적 연필이어야 한다. 왜냐하면 이건 책이고, 우리의 욕망은 영원한 것이 아니라서 언제든지 변할 수 있기 때문이다.) 다음 장에 제시될 내용 중에서 "그래, 이게 바로 내가 쓰고 싶은 거야!"라는 항목을 발견하면 동그라미를 치자. 이렇게 구체적인 목표를 확인하면 자신의 글쓰기 니즈Needs가 정확해진다는 장점이 있다.

내가 가진 '글쓰기 욕망'이 어느 수준과 어떤 목표를 향해 있는지 아는 것은 매우 중요하다. 아무거나 적고 싶다면 이 책을 읽을 필요가 없다. 모든 행동은 목적을 향할 때 의미가 있다. 글쓰기 행위 또한 마찬가지다. 내가 쓰고 싶은 '서평 타입'이 확실하다고 해도 체크해보는 건 손해 보는 일이 아니다.

우리의 욕망은 발견되면서 자라난다. 욕망은 분명 내 것이지만 내가 발견하기 전까지는 자신을 숨기고 있다. '글쓰기 욕망'도 마찬가지다. 이것을 끄집어 눈앞에 분명히 세워놓을 때, 모든 글쓰기가 비로소 시작된다.

2 내가 쓸 '나의 서평'은 어디에 있을까

분량이 의외로 중요하다

이제부터 나는 '서평러'라는 용어를 소개할 것이다. '서평러(書評-ler)'는 새로운 조어이면서 한시적 이름이다. 지금 막 태어난 말이지만, 우리는 '서평러'가 무엇인지 듣자마자 직감할 수 있다. '서평러'는 서평을 쓰고 싶은, 서평을 쓰려는, 서평을 쓰고 있는 우리를 지칭한다. 다시 말해 이 책은 서평러의, 서평러를 위한, 서평러에 대한 책인 것이다. 자, 모든 서평러여, 읽고 쓰는 서평의 세계에 오신 것을 환영한다.

그럼, 서평러가 제일 먼저 체크해야 할 것은 무엇일까. 의외일지 모르지만, 그것은 바로 '분량'이다.

왜 분량 체크부터 해야 할까. "정말 분량이 그렇게 중요한가.

잘 쓰는 사람에게는 분량 따위는 정말 중요치 않던데." 이렇게 생각하는 사람이 많다. 그런데 오직 잘 쓰는 사람의 일부에게만 분량이 무의미하다. 대개의 글 쓰는 사람에게 분량은 몹시 중요하다. 오죽하면 원고료도 분량으로 책정되겠는가. 글쓰기는 일종의 노동이다. 글 쓰는 노동자에게 노동의 양만큼 중요하고 절대적인 기준은 없다.

분량을 기준으로 아래에 서평 종류를 나열했다. 분량이 적은 것부터 많은 순이다. 여기서 적은 분량의 서평 쓰기 - 단형 서평, 중형 서평 - 는 모든 '예비 서평러'와 무관하지 않다. 그러니 그 부분부터 체크하길 바란다. 반면에 많은 분량의 서평 쓰기는 조금 더 전문적인 영역이다. 글쓰기 연습만 열심히 한다고 해서 되는 것이 아니라 전공 영역에 대한 공부가 필요하다. 물론 이 책에서는 전문 서평 세계의 앞부분까지는 다룰 것이다. 그러니 자기 목표에 따라 어떤 독자는 뒷부분으로 갈수록 덜 읽을 수도 있다. 자기가 필요한 부분을 골라 읽도록 만들어진 책이 바로 이 책이다.

아무튼, 예비 서평러에게 '글밥의 양'은 최우선 점검 요소이다. "잘 쓴다 - 못 쓴다"보다 더 원초적인 글의 기준은 "다 썼다 - 못 썼다"이기 때문이다. 글 쓰는 것은 등산과 비슷하다. 반드시 내가 쓰려고 도전하는 산의 높이를 알고 시작해야 한다. 안 그러면 머리에 쥐가 난다.

서평 유형 구분 · 짧은 글, 중간 글, 긴 글

❶ **단형 서평** | 한 줄짜리 아주 짧은 평부터 전체 한두 문단까지의 분량이 여기에 속한다.

→ 짧은 분량으로 목적 달성을 해야 하므로 격식을 차릴 필요가 없고 여러 가지 구성 요소를 신경 쓸 여유도 없다. 책을 읽은 나의 결론적 판단만 간단 정리해서 작성한다. 가장 중요한 것은 목적이다. '목적 하나에만 맞춰 쓴다'고 생각한다.

예시 | 한 줄 리뷰, 100자 리뷰, 인터넷 서점 리뷰, 고등학교 도서 관리 대장, 500자 전후 (입시) 자소서용 서평 등

❷ **중형 서평** | A4 기준 1~2장 이내의 분량이 여기에 속한다.

→ 분량이 어느 정도 길기 때문에 '자연발생적'인 글로 썼다가는 분량도 목적도 만족시킬 수 없다. 이런 중형 서평부터는 서두-중간-결미라는 구조도 생각해야 하고, 어디에 무슨 내용을 배치하면 좋을지도 고민해야 한다. 대중적이고 잘 읽히면서도 막 쓰지 않은 글, 알고 보면 구성 요소들이 갖춰져 있는 글이 여기에 해당한다.

예시 | 블로그용 책 리뷰, 온라인 서평단의 리뷰, 중고등학교 서평 대회용 서평 등

❸ **장형 서평** | A4 기준 3장 이상의 분량이 여기에 속한다.

→ 한 권의 책에 대해서 3장 이상의 글을 쓴다는 것은 상당한 작업이다. 그만큼 책을 속속들이 파고들어야 한다. 전문적으로 말해 분석적 독서가 전제되어야 한다는 말이다. 나아가 책 하나만 가지고 3장 이상을 쓰

기란 불가능하다. 텍스트 외의 텍스트들, 저자의 다른 책 혹은 같은 분야의 다른 책, 다른 분야의 비슷한 책 등에 대한 관계라든가 시대적 의의가 동원되어야 가능한 글이다. 즉, 공부하고 쓰는 글이라는 말이다.

예시 | 대학생의 서평 과제, 전문가가 쓴 전문적 서평 등

쉽게 정리한다면 짧은 글, 중간 글, 긴 글이다. 과연 내가 뭘 써야 하는지 분량을 기준으로 정해놓고 시작하자.

일상적으로는 ①을 가장 자주 접했을 것이고, 일부러 이 책을 읽어야 할 정도의 절실함은 ②에서 나왔을 것이다. 특히 예시를 보면 '바로 이거!'라는 생각이 드는 항목이 있을 것이다. 그 항목을 목차에서 찾아 집중적으로 읽되, 목차는 꼭 누적해서 읽기 바란다. 다시 말해서 ③ 대학생의 서평 과제를 쓰려고 하는 사람은 ①과 ②부터 차근히 읽어야 제대로 도움을 받을 수 있다.

TIP

글쓰기에서 분량은 절대적이고 절대적인 요소다. 이 절대 요소를 다루기에 앞서 우리는 글자 수에 대한 양감(量感 – 많고 적음에 대한 감)을 키울 필요가 있다.

자가 체크. MS워드든 한글 프로그램이든 켜면 '기본 글자 크기'가 몇 pt[1]인지 아시는 분?

풋처핸즈업! 책 읽으며 손을 든 그대에게 박수를 보낸다. 기본 글자

크기는 10pt로 되어 있다. 이 글자 크기 기준으로 작성했을 때 화면상 2줄 미만이 100자이다. 그러니 100자평이란 생각보다 아주 짧은 셈이다. 아주 짧은 것을 잘 쓰기는 생각보다 어렵다. 눈을 감고 나서 제일 중요한 한 마디가 떠오를 때까지 기다려야 하거나, 잡스러운 가지를 쳐내야 하기 때문이다. 그러니 이 짧은 것을 잘할 때까지 함께 가보자.

가능한 난이도에 도전하자

'긴 거 쓰자, 짧은 거 쓰자' 정도라도 정해졌으면 내가 쓰려고 하는 서평이 대략 골라진 셈이다. '뭐, 고를 것도 없다'는 사람도 있다. 과제여서, 써야만 해서, 오랜 숙원이어서 반드시 저걸 써야 한다는 경우도 많다. 자, 이제는 목표가 정해졌다는 전제를 깔고 서평러로서의 자기 수준을 진단해보자.

자기 수준 체크가 과연 필요할까?

필요하다. 내가 철인 3종 경기에 참가하고 싶다고 해서 무조건 다 참가할 수 있는 것은 아니다. 마찬가지다. 내가 쓰고 싶다고 해서 다 내가 쓸 수 있는 건 아니다. 나의 글쓰기 체력은 반드

1) 우리네 상용 프로그램-한글이나 MS워드-에서 글자 크기를 나타내는 말이다. pt라고 쓰고 '포인트'라고 읽는다. '피티'라고 읽으면 안 되는 건 아닌데 뭔가 이상하다. 글쓰기를 헬스장 트레이너가 가르치는 느낌이 든다.

시 체크해봐야 한다.

이 수준 체크는 모멸감 확인하기가 절대 아니다. '너는 이 수준밖에 안 되니까 쓸 엄두도 내지 마라'는 이야기가 아니라는 말이다. 그 반대다. 자기 수준을 구체적으로 알아야 발전이 있다. 내가 처한 상황을 정확히 안 후에 그 위 단계, 또 그 위의 단계로 나아가라는 뜻이다. 나를 직시해야 그 단계에 필요한 솔루션을 적용할 수 있다.

나는 서평 쓰기에 대해 본인이 패배자라고 생각하는 사람을 몹시 많이 보았다. 글쓰기 링 위에 서보고 싶지만, 글러브도 끼기 전에 '나 같은 사람은 재능이 없어'라며 포기하는 뒷모습들을 보았다. 그런데 '나같이 못 쓰는 사람'이라거나 반대로 '글쓰기의 천부적 재능을 타고난 사람'은 존재하지 않는다. 글쓰기는 연습하면 나아지는 것이다. 어제보다 오늘 딱 한 줄 나아지고, 오늘보다 내일 딱 한 줄 나아지면 된다. 우선 시간과 자신을 믿어보시기 바란다.

생각보다 많은 사람들이 직접 글을 쓰고 싶어 한다. (남이 읽든, 읽지 않든. 남에게 공개를 하든, 안 하든 간에.) 그리고 생각보다 많은 사람들이 실제보다 더 잘 쓴다고 착각하거나[2], 실제보다 더 못 쓴다고 위축되어 있다[3]. 이들을 통계 내기는 쉽지 않은 일이다. 그렇지만 경험을 바탕으로 총 6단계의 유형을 제시할 수 있다.

앞서 말했듯이 나는 2007년부터 매년 200명 이상의 학생을 만났고 매년 최소 200편부터 400편에 달하는 대학생들의 서평, 영화평, 감상평을 읽고 첨삭했다. 그 결과 '서평 앞에 놓인 예비 서평러의 유형'을 다음과 같이 분류했다.

서평러 수준 구분 · 상-하 내림차순

❶ **울트라 상급자** | 책의 전체를 장악했으며 저자의 의도도 알고 있다. 저자의 이력과 다른 저작에 관해서도 약간 알고 있다. 해당 책의 영역이나 책이 속한 시대에서 그 책의 의의라든가 위상을 찾아내 이야기할 수 있다. 책을 독해/분석/판단하는 훈련과정에 익숙하며 사고의 내용을 서평의 형식에 맞추어 제시할 줄 안다.

→ **솔루션** | 없다. 이런 분은 그냥 계시면 된다. 자축하시라.

('울트라 상급자' 수준에 오르는 것을 목표로 삼자고 적어두었다. 사실 이 정도 수준의 사람은 가뭄에 콩 나듯 적다.)

---

2) 이런 사람들은 수가 많지는 않지만 그 경향이 매우 강렬하다. 자신이 잘 쓰며 엄청난 것을 쓰고 있다(혹은 쓸 것이라)고 믿어 의심치 않는다. 남의 충고나 지도를 들을 생각이 별로 없는 경우가 많다. 뭔가 알려주고 함께 하기에는 무척 힘든 유형에 해당한다.

3) 굉장히 많은 수의 사람이 이 유형에 해당한다. 이 책을 읽는 당신도 이쪽일 가능성이 많다. 이들은 칭찬을 해줘도 믿지 않으며, 자신이 책에 대해 내린 평가가 보잘것없다고 생각한다. 착하고 성실하며 남을 배려하는 좋은 학생들이 여기에 해당한다. 이들은 칭찬과 격려를 일부러라도 찾아가야 한다. 나아가 어느 부분이 좋고, 어느 부분은 고치는 것이 좋다는 첨삭을 여러 번 들으면 실력이 쭉쭉 향상되는 경향이 있다.

② **상급자 1** | 책의 전체를 장악했으며 저자의 의도도 알고 있다. 그에 대한 자신의 의견 및 판단도 갖추었다. 그런데 이에 대한 표현 방식이나 언어 구사 능력이 매끄럽지 않다.

→ **솔루션** | 이런 경우는 좋은 서평러가 될 가능성이 아주 많다. 이 책에 나오는 서평의 기본 포맷을 익히고 좋은 서평 한두 개를 자주 혹은 달달 읽기를 추천한다. 처음에는 이미 증명된 형식대로, 자주 등장하는 방식대로 쓰면서 형식에 대한 고민을 제거한다. 우선 중요한 내용 파악, 판단까지 이미 확보했다는 면에서 가능성 업!

③ **상급자 2** | 책의 전체 요지를 알고 핵심을 파악했으며 자기 의견을 피력하지만 어디까지가 내 의견인지, 감상인지 자신이 없다.

→ **솔루션** | 역시 좋은 서평러가 될 가능성이 아주 많다. 지식수준이 높아도 과제나 글쓰기를 많이 해보지 않은 사람 중에 많다. 성격적으로 꼼꼼하거나 철저한 사람들, 혹은 어린 학생들 중에 이런 타입이 많다.

이런 타입의 장점은 분석을 철저하게 해놓고 그중에서 골라 쓰는 방식을 잘한다는 것이다. 그 장점을 살리고 분석한 내용 중에서 무엇이 감상인지, 판단인지는 타인의 의견을 참조한다. 이런 경우에는 남의 좋은 서평을 읽는 것이 굉장히 큰 도움이 된다. 좋은 서평들을 읽어가면서 무엇이 객관적 판단에 가까운지, 어디까지 괜찮을지 경계선에 대한 자기 기준을 차츰 명확히 하면 문제는 해결된다.

④ **중급자 1** | 책을 읽고 전체 요약이 순조로웠으며 내용의 강약까지 파악했지만 이것에 대한 자기 의견을 붙일 줄 모른다.

→ **솔루션** | 전체 내용을 꼼꼼히 요약하는 것보다 중요한 것이 그 책 중

에서 무엇이 중요한지 핵심을 파악하는 것이다. 그러니까 이 중급자는 이미 지식 처리 능력을 갖추고 있다는 말이다. 배경지식과 소화 능력이 있지만 그럼에도 불구하고 서평 쓰기에서는 난관을 겪을 것이다. 이해는 수준 높게 되었는데, 이해만 가지고는 서평의 중간까지밖에 채울 수 없다. 이런 경우에는 서평 기초 체력 다지기를 생활화해야 한다. 내 의견 말하기, 전문 용어로 '비판 능력'을 키울 필요가 있다.

⑤ **중급자 2** | **책을 읽고 이해하는 데 순조로웠으며 전체 요약까지는 되지만 어디가 중요한지 모른다.**

→ **솔루션** | 이 경우에는 앞선 중급자 1보다 더 시간과 노력을 들여야 한다. 전체 요약까지만 되는 것은 책을 장악하지 못했다는 말이다. 겨우겨우 따라가서는 서평을 쓸 수가 없다. 이런 경우에는 우선 전체 요약을 넘어선 전체 내용 장악을 연습해야 한다. 이 연습을 위해서는 서브 텍스트들의 도움이 필요하다. 책이 자신의 독해 수준보다 어려운 경우에 이런 일이 종종 발생한다. 그러므로 대상 책에 대해 쉽게 풀이한 2차 자료를 찾아본다든가, 다른 사람들이 잘 써놓은 서평을 참조해서 책에 대한 장악부터 해야 중급자 1 단계로 넘어갈 수 있다.

⑥ **초급자 1** | **책을 읽고 이해하는 데 고통스럽지 않았으나 전체 요약이 불가능하다. 아무리 여러 번 읽어도 전체적인 내용을 장악하기는 힘들다.**

→ **솔루션** | 이런 경우는 사실 쓰기가 문제가 아니다. 읽기가 문제다. 책을 전체적으로 다 읽었다고 하지만 사실 제대로 읽지 못한 경우가 대부분이다. 이런 경우에는 이 책의 부록 중에서 '어려운 책 쉽게 뜯어

읽기 - 일명 '햄버거 독서법''을 읽고 독서에 더 공을 들여야 쓰기 단계로 진입할 수 있다.

⑦ **초급자 2** | 어디에 무슨 내용을 써야 하는지 모르고, 얼마큼 써야 하는지도 알 수 없다. 서평이 독후감과 대체 뭐가 다르다는 것인지도 모르겠다.

→ **솔루션** | 이 경우에는 총체적 난국에 해당한다. 우선 아주 깊게 깊게 숨을 한번 쉬고 나서, 이 책을 따라 '서평 쓰기 처음 단계'부터 시작해야 한다. 자기 수준을 직시할 때, 구체적으로 할 일이 정해진다. 이런 경우에 놓인 예비 서평러도 대개 독후감은 쓸 줄 안다. 과거에 자신이 썼던 독후감을 분석해보고, 독후감의 수준에서 벗어나서 서평으로 업그레이드해야 하는 이유를 자신이 납득하는 과정이 필요하다. 즉, 이론에 대한 공부가 필요한 단계라고 할 수 있다.

쓰지도 못하는 사람에게 이론이 도움이 되겠는가? 이를테면 요리를 하나도 못하는데 요리법을 책으로 또는 유튜브로 공부하는 것이 과연 도움이 될까? 해보시라. 도움이 된다. 본인이 이 수준에 해당하는데 반드시 서평을 써야 하는 상황이라면 이 책의 '서평은 대체 뭘까'부터 차근차근 읽기 바란다. 서평이 넘기 쉬운 산은 아니겠지만, 서평의 전체 성격과 구조를 이해(안 되면 암기라도)하고 나면 넘지 못할 산도 아니다.

⑧ **그 외 특수한 상황** | 책을 읽고 이해하는 것 자체가 고통이다. 또는 내가 왜 이런 작업을 해야 하는지 이해하기도 싫고, 이해할 수도 없다.

→ **솔루션** | 책으로 서평을 가르칠 수 없는 경우에 해당한다. 아마 이런 경우에 해당하는 사람이라면 이 책을 읽고 있지도 않을 텐데, 불행히도

지금 읽고 있다면 단호하게 말하고 싶다. "이 책은 당신에게 도움이 안 됩니다"라고. 그래도 꼭 써야 한다면 직접 면대면하는 기관에서 전문가의 도움을 받길 추천한다. 본인이 이런 경우에 해당한다면 우선 좋아할 수 있는 책을 찾는 과정부터 거치고 이 책을 읽기 바란다. 이렇게 괴로운 상태라면 물론 서평을 안 써도 되는 상황을 만드는 것이 가장 현명하다.

하지만 싫어도 학점이나 과제를 위해 서평이라는 것을 써야만 한다면, 울기 전에 이 책의 다음 장 '서평은 대체 뭘까' 부분과 부록의 '빈칸을 따라 채우면 서평이 되는 '마법 노트''를 읽고 가이드 받으시길 바란다.

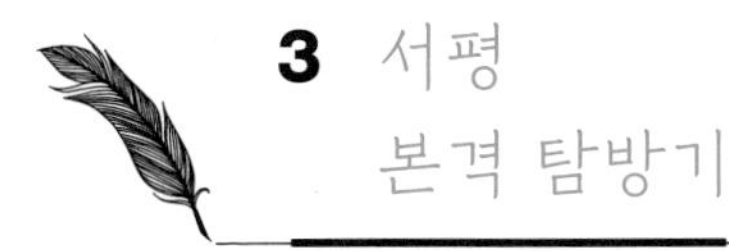

3 서평 본격 탐방기

서평은 대체 뭘까

앞서 상급자-초급자 설명에서 이미 힌트가 나왔는데, 과연 '서평은 무엇'일까. 이것을 아는 것은 서평러에게 반드시 필요하다. '음… 근데… 정말 필요한가?' 이런 생각으로 주저하지 마시라. 단호히 다시 말하자면, 필요하다.

"이론을 알아서 뭐하나."

"정의를 안다고 상황이 크게 달라지나."

"칫, 이론 배우다 다 끝나겠네."

실제로 이런 투덜거림을 엄청 많이 들었다. 수업 시간에도 학생들이 제일 듣기 싫어하는 파트가 바로 이 부분이다. 그렇지만 꿋꿋하게 수업으로 뚫고 나가야 하는 부분도 이 부분이다.

(지금 이 부분에서 독자께서는 책을 덮어버리고 싶은 유혹을 강하게 느낄 수 있다. 하지만 나를 믿고 조금만 더 읽어보시길 바란다.)

비슷한 질문을 던져보자. '요리란 무엇인가'를 알면 요리가 달라지나? 달라진다. 요리에 대한 철학이 달라지면 요리를 대하는 자세가 달라진다. 요리에 대한 생각이 정리되면 요리를 대하는 자세가 정확해진다. 그러니까 우리는 '서평이란 무엇'이라는 질문을 던지고 답을 생각해야 한다. 당신은 세상에 없던 서평 장르를 만드는 것이 아니다. 당신은 이미 있는 서평 장르의 멋진 텍스트를 생산하려고 하는 것이다. 그러니 이미 있는 그것이 대체 무엇인지, 남들은 어떻게 쓰는지, 응당 물어야 하고 살펴야 한다.

서평은 무엇인가. 우선 '독후감이 아닌 것'이다. 독후감하고는 좀 차별화된 무엇이 바로 서평이다. 독후감을 배우고 싶었다면 당신은 검색창에 '서평'이라는 키워드를 입력하지도 않았을 것이고, 이 책에 관심을 보이지도 않았을 것이다.

그런데 서평은 독후감이 아닌 어떤 것이라고 알고 있다고 해도 서평을 진짜 알고 있는 것은 아니다. '아닌 어떤 것'이라는 것은 일종의 배제이지 '앎'이 아니다. 대신, 놀랍게도 우리 모두는 이미 독후감을 알고 있다. 심지어 예비 서평러이든, 기성 서평러이든 우리 대부분은 독후감을 직접 써봤다.

언제부터 썼는지 기억나는가? 나의 경우에는 도통 기억이 안 나서 남들에게 물어봤다. 내 글쓰기 수업에 들어온 서울대학교 학생들 100명에게 물었더니 독후감이 무엇인지 알고 있다는 응답률 100%, 어떻게 쓰는지 알고 있다는 응답률 100%, 써본 적 있다는 응답률 100%였다. 몇 년간 물어봤어도 응답률 100%는 변동 없었다. 와우, 100% 트리플 달성.

그래서 이번에는 누구에게 언제 배웠는지 다시 물어봤더니, 그 답변도 놀라웠다. 그냥 알고 있었다는 학생이 절반, 초등학교 여름방학 숙제 등을 하기 위해 학교에서 간단히 배웠다는 학생이 절반이었다. '본 투 비 독후감러(born to be 독후감ler)'가 이렇게 많았다니! 우리는 배우지 않고도 쓸 수 있는 천재였다니!

생각해보면 초등학교 때부터 많은 학교와 선생님이 독서를 장려하는 것은 사실이다. 그리고 모두에게 양서를 읽히기 위해 독서록이나 독후감 숙제를 내는 것도 사실이다. 실제 우리는 어린 아이였을 때 독후감 쓰기 방법을 간단히 배우고 그 루틴으로 공교육 12년을 보냈다. 책 서지를 적고, 간단히 줄거리 생각나는 대로 적고, 나의 영혼을 그러모아 감동적인 감상을 적고 나서 당당히 제출했던 기억이 모두에게 있을 것이다. 보다 전문적인 독후 활동은 확장적으로 콜라보되거나 융합적으로 학신될 수 있지만 우리가 알고 있는 '독후감'의 세계는 그보다는 단순했다. '줄거리' 더하기(+) 내가 책을 통해 느낀, 나의 깨달음과 감동 서술. 이것이 바로 독후감이었다. 그리고 이것이 바로 서평이 아니다.

그러니까 독후감 쓰던 모두의 경험을 그대로 이어 쓰면 '서평'이 아니라 또 '독후감'을 쓰는 셈이다. 그럼 서평과 독후감의 차이는 어디 있을까? 이름이 다르니까 분명 다른 글인 건 맞는데 뭐가 다른 걸까? 사실 그 '다름'은 배우지 않고서 깨우치기 어렵다. 그들이 귀가 가려울까 봐 미안하지만, 서울대학교 1학년 신입생들의 경우 서평이 뭔지 알고 있는 경우가 30%도 되지 않았다. 서평이 뭐냐? 하고 물어봤을 때 그들은 대답했다. 서평이란 독후감이 아닌 무엇인 것 같은데, 정확히는 잘 모르겠다고 말이다.

몰라서 잘못됐다는 이야기는 전혀 아니다. 독후감이 참 못난 장르라는 이야기도 전혀 아니다. 독후감과 서평은 다르다는 것. 서평이 보다 전문적이고 냉정하고 분석적인 영역이라는 것. 나의 감수성과 감동과 경험보다는 보편적인 공유의 지점이 언급되고 제시되어야 한다는 것. 이런 차이점이 있다는 점을 지적하고 싶을 뿐이다. 우리는 독후감을 이미 잘 알고 있으니까 여기에서 시작하는 것이 쉽고도 맞는 길이다. '독후'에 '감상', 그러니까 '마음의 소리'와 '내 영혼의 목소리'를 담아내는 것이 독후감이라면 그것보다 '마음의 소리' 지분을 줄이고, '머리의 소리' 즉

'이해와 판단의 목소리'를 담아내는 것이 서평이다. 서평은 서평이니까. 서평은, 말 그대로 '책에 대한 평가'니까 말이다. 이제 독후감 내면서 서평이라고 우기는 그런 일은 하지 말자.

핵심 정리

- 서평과 독후감은 다르다.
- 당신이 쓸 줄 아는 그 글은 독후감일 가능성이 아주 크다.
- 독후감과 서평의 차이는 다음과 같다.

	독후감	서평
줄거리 요약	○	○
개인적 감상(주관적 느낌)	○	×
자기 경험과의 연결	○	○
특징에 대한 논리적 분석	×	○
책 전체에 대한 총체적 판단	×	○

서평의 전체 윤곽을 기억하자

서평 '쓰기'를 제대로 하기 위해서, 우리는 서평의 정체를 계속 상기해야 한다. 자신이 대체 뭘 쓰는지 알아야 제대로 된 쓰기를 시작할 수 있기 때문이다.

가장 기본적이면서도 중요한 문제다.
많은 사람들이 서평 쓰기를 고민하면서도 정작 서평의 뜻은
잊고 있다.
서평이란 책을 평가하는 글이다.
그러므로 평가를 위한 분석과 판단이 반드시 포함되어야 한다.

우리는 이미 답을 알고 있다. 서평이 무엇이냐고 물으면, 이제 '책에 대한 평가'라고 대답할 수 있다. 그런데 이렇게 대답하는 사람은 개념적으로 서평이 무엇인지, 그 윤곽을 알고 있는 것이다. 윤곽만 가지고는 아직 부족하다. 우리의 앎은 더 나아가야 한다. 서평이 무엇인지는 알았다고 치자. 그 다음 수순은 '서평'을 직접 쓰는 경우에 어떻게 써야 하며 무엇을 써야 하는지 명확하게 인지하는 것이다.

서평, 너는 대체 누구냐. 좀 더 들여다보자. 서평은 비평의 일종이니까 비평이 뭔지도 설명하고 싶다. 물론 비평의 의미에 대해서 학구적으로 탐색할 생각은 없다. 그런 작업은 이 책의 목표가 아니다. 비평의 어원이나 변천 등에 대해서 학술적이며 깊이 있게 설명할 수 있는 사람이 반드시 서평을 잘 쓰는 것은 아니다. 그렇지만 서평이 비평의 일종이라는 점, 그리고 비평의 핵심이 무엇인지는 알 필요가 있다. 앞서 말했다시피 서평은 비평의

한 종류이기 때문이다.

결론만 간단하게 제시하자면, '비평'이란 '분석적인 판단을 바탕으로 대상 콘텐츠를 평가하는 작업'을 말한다. 많은 사람들이 비평은 실제로는 비난에 가깝다고 오해하곤 한다. '비(批)' - '비판적으로', '평(評)' - '평가'하는 것이 비평이니까, 단점을 꼬집어 지적해야 비평이라 여긴다.

서평이나 비평문 쓰기를 가르치고 나면 학생들이 꼭 물어보는 단골 질문도 이와 관련 있다. "선생님, 나쁜 점을 찾아서 비판해야 하는 거죠? 그래야 점수가 잘 나오죠?" 혹은 "선생님, 뭔가 단점을 찾아내서 비판하고 싶은데 이 책의 난점을 못 찾겠어요. 못 찾겠으면 제가 잘못하고 있는 거죠?" 대답은 둘 다 '아니오'다. 단점 찾기가 비평의 핵심은 아니다. 단점이 있으면 있다고 쓰면 된다. 그런 것은 비판적인 서술의 일부일 뿐이다. 단점이 아니라 분석하고 특징을 드러내도 비판적인 서술이다. 유형을 이야기하거나 의의를 언급해도 비판적인 서술이다. 꼭 꼬집어서 아프게 해야만 하는 것은 아니다. 서평 쓰기는 텍스트를 난도질해서 나의 지적 우월감을 확인하고, 내가 똑똑하다는 것을 남들에게 과시하는 과정이 아니다. 그러니 애써 단점 찾기에 올인하지 않아도 된다. 책의 부족한 점은 보이면 쓰고, 아니면 안 쓰면 된다.

반대로 책의 긍정적인 면을 굳이 찾아야 하는 것도 아니다. 그 책을 칭찬하고 꾸며주는 역할은 출판사 홍보단이 하는 것이다. '비난해야 해, 칭찬해야 해' 이런 강박이 있는 경우가 더러 있는데 스스로 자꾸 잊어야 한다. 처음 서평을 구상할 때 〈책의 좋은 점 적기〉, 〈아쉬운 점 적기〉처럼 리스트로 정리해보는 것도 좋지만 얽매일 필요는 없다는 것이다. 그보다는 책 전체에 대한 의의 부여가 훨씬 중요하다. 잊지 말자. 지적하기를 위한 단점 찾기는 비평의 원래 목적을 헷갈리게 만들고 칭찬을 위한 장점 찾기는 비평의 날카로움을 무디게 만든다.

긍정, 부정을 떠나서 비판적인 감식력을 바탕으로 날카롭게 분석한다는 의미가 '비(批)'에 들어 있다. 비난한다는 뜻이 아닌 것이다. 물론 단점을 찾을 수 있다면 쓰는 것이 좋다. 그렇지만 단점이 없음에도 불구하고 단점을 찾아야 '비'평이 된다고 생각하는 것은 좀 오버다. '비평(批評)'에서 더욱 본질적인 용어는 '비(批)'보다 '평(評)'이라고 말할 수 있다. 비판하는 것(비(批))은 평가하는 것(평(評))의 일부로서 존재한다. 그러니 어떤 비평문을 쓰더라도 대상 콘텐츠의 가치를 '평가한다'는 중요 목적을 잊어서는 안 된다.

자, 이렇게 비평이란 '콘텐츠에 대한 분석적 평가'라고 요약할 수 있다. 그럼 자연스럽게 서평도 분석적 평가의 일종이라고 생각할 수 있다. 부연하자면, 대상 콘텐츠가 무엇이냐에 따라 비평의 하위 범주는 다음과 같은 여러 버전으로 달라질 수 있다. 이 중에 대상 콘텐츠가 책일 경우의 비평을, 우리는 '서평'이라고 말하는 것이다.

콘텐츠의 종류에 따른 비평의 종류

책 - 서평

음악 - 음악평

영화 - 영화평

소설 - 소설평

시 - 시평

미술 - 미술평

웹툰 - 웹툰평

…

위와 같이 비평의 하위 계열은 다양하다. 대상 콘텐츠에 따라서 여러 종류의 비평문이 나올 수 있다. 책이 분석적 평가의 대상이 되면 '서평'이고, 음악이 평가의 대상이 된다면 '음악평', 영화가 평가의 대상이 된다면 '영화평', 웹툰이 평가의 대상이 된다면 '웹툰평'이다. 소설평, 시평, 연극평, 미술평 모두 마찬가지다.

미술, 음악, 영화 등등 비평의 대상 콘텐츠가 달라지면 비평의 세부 명칭이 바뀌고, 장르라든가 분야에 따라서 비평할 때 따로 주의해야 할 점이 충분히 많지만 기본 골자는 같다. 여기서 우리가 방점을 찍어야 할 단어는 '분석'과 '평가'이다. 재차 강조하건대, 비평은 '분석'을 바탕으로 한 '판단' 및 콘텐츠에 대한 '평가'가 핵심이다.

그럼 이 말을 '서평'에 적용해보자. '분석 - 판단 - 평가', 이 3가지 요소가 없다면 그 글을 서평이라고 말할 수 없다. 아마 작성자 본인만 서평이라고 우기는 상황이 될 것이다. 그 정도로 서평에 있어 분석 및 평가의 유무는 중요하다. 그런데 어떻게 이 분석, 판단, 평가를 '책'이라는 텍스트에서 뽑아낼 수 있을까. 우리는 '읽기 단계'부터 서평을 위한 전략적 독서를 선택할 필요가 있다.

서평을 위한 독서법은 따로 있다

서평을 위해서는 책을 읽기 전에 '다른' 목적을
상기할 필요가 있다.
목적이 다르면 얻는 것도 다르다.

도움이 된다면 아예 이 독서는 서평을 위한 것이다, 라고 써놓고 시작해도 좋다.
왜냐하면 서평 초보자들에게 독서의 구분은 매우 필요한 일이며 유익하기 때문이다.

사람들은 책을 읽는다. 그리고 책을 읽는 목적은 몹시 다양하다. '독서'라고 하는 말을 떠올리면 대개 '공부'보다는 '책을 펼치고 글을 음미/독해/감상/이해한다'는 이미지가 강하다. '공부'는 이러한 '독서'보다는 훨씬 전투적이고 직선적이다. 독서는 책이 주인공이지만, 공부에서는 책이 수단이니나. 우리가 평소에 생각하는 독서의 이미지는 이보다 훨씬 여유롭다.

예를 들어 휴가지에서 여유를 즐기면서 독서를 하는 경우를 상상해보자. 혹은 카페에서, 자기 전에 침대에서, 소파에 비스듬히 기대어 읽고 싶은 책을 읽는 경우를 떠올려보자. 이런 독서는 '읽고 싶다'는 목적 외에 다른 목적이 명확하지 않고, 명확할 필요도 없다. 따라서 읽어야 할 분량이 정해져 있지 않다. (반면 서평을 위한 독서에는 반드시 다 읽어야 한다는 조건이 달려 있다.) 줄거리와 책의 흐름에 정신을 맡길 뿐이지, 독서 후에 무엇을 얻어야겠다는 목표 의식도 없다. (반면 서평을 위한 독서에는 독서 후에 무엇인가를 말해야 한다는 목표 의식이 있다.) 일상의 독서는 언제 시작해도 상관없고, 언제 끝나도 무방하다. 전적으로 내 마음대로의 독서가 가능한 것이다.

그런데 이런 유형의 독서를 끝내고 나서는 서평을 쓰기 어렵다. 특히 서평을 써본 경험이 많지 않은 대학생이 이렇게 책을 다 읽고 나서 서평을 작성하기란 더 어렵다. 분명히 한 권의 책을 다 읽었는데, 분명히 줄거리도 어느 정도 알겠는데 도대체 무엇을 어떻게 써야 할지 손도 댈 수 없어 막막한 것이 현실이다. 그것은 당연한 일이다. 음미의 독서를 하면 음미의 결과물이 남는다. 서평의 독서를 해야 서평의 결과물이 나오는 것이다.

왜냐하면 '음미'하거나 '즐김'의 자세만 가지고는 '분석', '판단', '평가'의 목적을 다 충족시킬 수 없기 때문이다. (지금 여기에 '분석', '판단', '평가'라는 단어가 왜 등장하는지 모르겠다는 독자라면 앞 절을 다시 읽도록 한다.) 다시 강조하자면 '분석', '판단', '평가'야말로 서평을 서평이 되도록 만드는 중요한 요소이다. 책을 분석하고, 판단하고, 평가하는 일을 하기 위해 우리는 그에 맞는 독서를 할 필요가 있다.

이제 우리는 독서에 여러 목적이 있다는 것을 알게 되었다. 이제 막 서평 쓰기를 배우려는 초보에게 있어 가장 전략적인 충고는 서평을 위한 독서를 하라는 것이다. 그러나 오해하지 말기 바란다. 우리에게 있어 책을 즐기면서 읽는 행동이 생략되어야 한다거나 나쁘다는 말이 아니다. 책을 음미하기와 여유롭게 읽는 일은 모두 다 좋은 일이다. 그런데 서평 작성에 대해 실전에 돌입하려면 이것만 가지고는 안 된다. 서평에는, 서평을 위한 독서법이 따로 있다.

• 독서의 1단계 · '감상'을 위한 독서

'독서를 위한 독서'와 '서평을 위한 독서'의 구분을 위해 아래 표를 참고해보자.

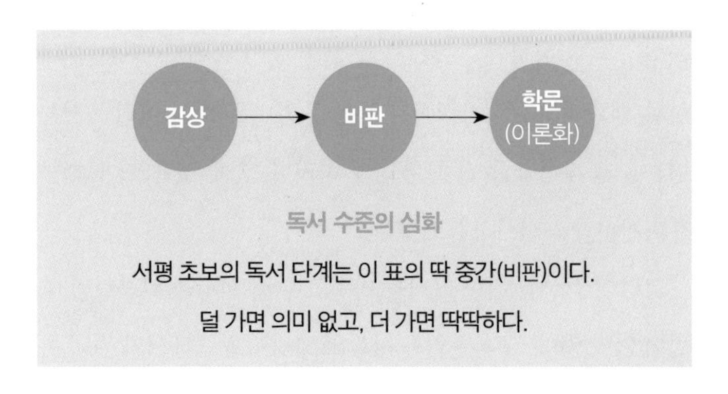

위의 표는 독서 수준을 '감상-비판-학문'이라는 세 단계로 구분해놓았다. 굳이 의식적으로 의도하지 않아도 독서는 '감상의 독서'로 시작된다. 그리고 여러 번 읽고, 전문적으로 읽을수록 독서의 수준은 심화된다. 그 심화의 과정을 표현한 것이 위의 표이다.

가장 기초적인 감상의 독서란, 누구나 자연스럽게 할 수 있는 보통의 독서를 의미한다. 독서 중에서 가장 자연스럽고 또한 빈번한 독서는 '감상'을 위한 독서이다. 이를테면 읽고 싶어 책을 읽는 경우가 이에 해당한다. 서점가에서 베스트셀러를 만드는 것도 바로 이 단계의 독서이고, 우리의 일상과 가장 가까운 독서도 바로 이 단계의 독서이다. 나아가 궁극적으로 보았을 때 가장 바람직하고 이상적인 형태의 독서가 바로 이 단계의 독서이기도 하다. 감상의 독서란 날것 그대로의 원초 독서이다. 표현컨대 책이 부르고 독자가 응답해서 그 둘이 문자 속에서 만났다고나 할까. 바람직하고 이상적이지 않을 수 없다. 나아가 이런 독서는 영혼을 움직이고, 눈물을 흘리게 하거나, 손에 땀을 쥐게 하는 흥미진진함을 선사하기도 한다.

그런데 감상을 위한 독서를 마치고 나서 서평을 적는다면 쓸 말이 많지 않다. 그것은 읽은 사람의 역량이 부족해서가 절대 아니다. '감상'을 위한 독서 자체가 이미 서평을 위한 독서와 성질이 다르다. 감상은 느낌의 세계, 직관적인 세계, 언어로 표현되기 이전의 세계에 해당한다. 예를 들어 책을 읽고 나서 마음이 움직였다고 하자. 그 마음의 움직임을 언어로 구체화하는 것이 쉬울까. 당연히 어려운 일이다.

보다 쉽게 설명해서, 감상의 독서를 하고 나서 얻은 결과물은 살아 숨 쉬는 생명체의 세계와 가깝다. 감상의 독서는 감상을 남긴다. 우리의 감상, 다시 말해 '느낌/감정'은 살아 숨 쉬고 변화한다. 그것은 언어로 재탄생하기 이전에 이미 존재하며 개념이나 문자와 다른 형태로 감각된다. 그것을 표현하는 언어는 있지만 그 언어가 모든 느낌과 감정을 정확하게 표현하지도 못한다. 이를테면 '아, 아름답다'라는 감탄사라든가 '대단하다'라는 생각이 이쪽에 해당된다. '무섭다', '두렵다', '사랑스럽다', '부럽다' 등등의 형용사도 이쪽에 해당된다. 그런데 이런 느낌의 표현들만 가지고 서평을 쓴다면 어떻게 될까. '이 책을 읽었더니, 아름답다/대단하다/무섭다/두렵다/사랑스럽다/부럽다'라고 쓴다면 어떨까. 이러한 감상의 표현 외의 것이 등장하지 않는다면, 이러한 감상의 표현만 주가 된다면 서평(책에 대한 평가)이 몹시 빈약해질 것이다. 솔직히 말해서, 감상으로 범벅된 글은 다른 사람들의 눈에 서평으로 보이지 않을 가능성이 높다.

• 독서의 2단계 · '비판'적 독서

서평을 읽는 사람이 해야 하는 독서는 이러한 감상의 독서 다음 단계에 있다. 이것을 앞의 표에서는 '비판'의 독서로 표시했다. 딱 이 단계의 독서에 집중할 것을 권한다. 이것이 바로 제2단계의 독서이자 서평 작성을 배우려는 우리들이 타깃으로 삼아야 할 독서이다.

일반적으로 화살표가 있는 단계의 표를 보면 마지막 단계가 가장 좋은 단계라고 생각한다. 앞의 표에서 가장 마지막 단계는 '학문'의 독서 단계이다. 그런데 이 표는 최종 단계인 학문의 독서가 가장 좋다고 설명하기 위해서 제시된 것이 아니다. 이 표에서는 끝 단계가 아니라 중간 단계에 주목해야 한다. 학문도 아니고 감상도 아닌 그 중간의 독서가 우리에게 필요하다.

앞의 표를 볼 때 주의해야 할 점이 한 가지 더 있다. 그것은 감상의 독서가 비판의 독서로 이어진다는 점이다. 감상의 독서와 비판의 독서는 서로 배타적이지 않고, 대신 심화되는 과정에 놓여 있다. 감상의 독서, 비판의 독서는 분명 다르지만, 우리가 서평을 쓰기 위해서는 감상의 독서를 저변에 깔고 나서 그 위에 비판의 독서를 얹어야 한다. 쉽게 설명하자면 일반적으로 책을 읽는 자연스러운 방식으로 자유롭게 책을 한 번 읽고 나서, 서평을 위해서 무엇을 어떻게 이해할 것인가 분석하면서 또 한 번 책을 읽어야 한다는 뜻이다. 물론 여기서 '한 번' 읽는다고 표현했지만 두 번이 되어도 좋고 세 번이 되면 더 좋다.

이것은 상당히 이상적인 일이다. 이상적이라는 말은 참 좋지만 도달하기 불가능하다는 말과도 같다. 그러니까 이상적인 독서를 독자들에게 설명하거나 강권하기 쉽지 않다. 그런데 만약 서평을 잘, 제대로 써보겠다고 마음먹었다면 시도해보는 것은 나쁘지 않다. 이상이 높으면 실천의 수준이 이상을 따라 높아지기 때문이다.

맨 처음에는 그 책을 마음으로 깊이 이해하려고 노력하면서 읽어보기 바란다. 모든 내용에 무비판적으로 동의하라는 말이 아니다. 우선 다정하고 따뜻한 마음으로 그 책에 조금이나마 애착을 갖는 것이 도움이 된다. 이렇게 책을 가깝게 느끼려고 노력하는 편이 그 책에 대해서 빠르게 접근하는 방법이다. 그러다가 도저히 용납할 수 없고, 이해할 수 없고, 아쉽고, 못 견디겠는 어느 부분은 기억해두었다가 2단계 독서, 즉 비판의 독서로 발전시키면 된다.

여기까지 읽은 이 책의 독자는 이제 '비판의 독서'가 무엇인지를 물어야 한다. 본격적인 '비판의 독서'는 독서의 3단계 '학문의 독서'를 이해해야 알 수 있다. 여기서 우선 시급한 작업은 저 앞의 표 자체를 이해하는 것이다. 우리는 지금 독서의 단계 중 1단계인 감상의 독서, 2단계인 비판의 독서까지 접했다. 그 다음의 3단계의 독서는 서평 쓰기에 직접적으로 영향을 미치지는 않지만 알아야 한다. 1단계 감상의 독서를 알아야 감상을 넘어선 2단계 비판의 독서를 할 수 있고, 3단계 학문의 독서를 알아야 그것까지 가지 않은 2단계 비판의 독서에 머물 수 있다. 이렇게 우리가 시도하고자 하는 독서의 구별을 좀 더 고상하게 부른다면 '독서 차별화 전략'이라고 표현할 수 있을 것이다.

• **독서의 3단계** · '학문' 세계의 독서

온 마음을 다해, 이해하려고 노력하면서 읽은 1단계 독서를 끝내고 나서 대상 도서를 보다 비판적으로 바라보겠다고 다짐한 독자가 있다고 하자. 그는 책에 대한 탄탄한 서평을 쓰고 싶어서 책을 분석하기 시작했다. 즉 그는 2단계 독서로 들어간 것이다. 그런데 대상 도서를 분석하다 보니 그는 점차 책에 대한 감상이나 처음 읽었을 때의 감정과는 멀어진다는 느낌을 갖게 되었다. 서평을 쓰려는 초보자나 학생은 이러한 경험을 가져야 한다. 처음에는 감정적으로, 개인적으로, 제멋대로 읽는다. 그리고 나서는 논리적으로, 분석적으로, 이성적으로 읽는다. 이 2가지 독서가 겹치고 섞여서 정제되어야 서평의 쓸거리가 나온다. 여기서 1단계 독서의 결과물, 즉 영혼과 감정의 멘트와 2단계 독서의 결과물, 즉 논리와 이성의 멘트가 서로 적절히 '밀당'할 필요가 있다. '밀고 당기기'가 필요한 것은 전적으로 1단계 독서의 결과물로 치우쳐서는 서평이 될 수 없고, 전적으로 2단계 독서의 결과물만 담아서는 지나치게 딱딱해지기 때문이다.

나는 앞에서 감상의 독서란, 살아 있는 생명체와 같다고 비유한 바 있다. 그런데 분석을 너무 치밀하게 하고, 그 안에서 엄정한 법칙을 발견한다거나 내용을 이론화하려는 학술적 의욕이 발동하게 되면 생명체는 죽어버리고 만다. 서평이 아니라 논문이 되어버리는 것이다. 이런 결과물은 3단계의 독서, 즉 학문의 독서까지 가버렸기 때문에 발생하는 경우가 종종 있다.

정리하자면, 서평을 쓰려는 사람은 다음의 2가지를 주의해야 한다.

하나, 1단계 독서에 머물지 않아야 한다. 1단계 독서에 머물면 서평이 아니라 감상문이 나와버린다.

둘, 3단계 독서까지 가지 않아야 한다. 간다 하더라도 그 독서 내용으로 글을 채워버리지 말아야 한다. 3단계 독서가 글이 되면 서평이 아니라 학술 논문이 되어버린다.

이런 이유 때문에 앞의 표 〈독서 수준의 심화〉 세 단계 모두를 살펴봐야 한다. 서평을 쓰려는 초보들은 1단계 독서를 하고, 그 위에 비판적 독서를 얹되 3단계 독서까지 달려가지 않도록 주의하자. 질주 본능은 아껴둔다.

대학생이 되어 대학 리포트를 쓰다 보면 소논문 쓰기를 배운다. 소논문은 서론, 본론, 결론이 분명한 글이다. 그리고 이런 글은 방법론이라든가 연구의 시각이 확실할수록 좋다고 배운다. 특정한 연구의 시각을 대입해서 대상 작가나 텍스트를 분석하고, 그 안의 이론을 도출하여 자신의 명제를 증명하고자 하는 소논문 쓰기란 배우기도 어려울뿐더러 잘 쓰기는 더 어렵다. 그런데 모든 학생이 항상 그런 것은 아니지만, 때때로 이 어려운 글쓰기를 매력적이라고 생각하는 경우가 있다. 대학은 학문의 전당으로 시작되었기 때문에, 소논문이나 학술 리포트 작성을 잘한다면 학생 본인 스스로도 자부심을 가질 만하다. 그런데 다른 수업에서 배운 학술 리포트 작성법을 서평 쓰기에 고스란히 적용하는 것은 다시 생각해보아야 할 일이다. 조금 돌려 말했는데, 쉽게 말하자. '서평은 학술 논문이 아니다.'

학술 리포트는 보다 엄정하고 법칙적인 세계에 해당한다. 살아 숨 쉬는 생명체의 세계가 아니라 유형화된 세계나 박제화된 세계, 분자화하여 분류된 세계에 가깝다. 이 세계에는 감상이 살아 숨 쉴 여지가 없는 반면, 서평에는 감상적인 부분이 어느 정도는 있을 수 있다. 앞서 언급하기로, 감상의 독서 단계를 배제하라고 하지 않았다. 대신 '감상만으로 채워져서는 안 된다, 감상 다음의 분석적 단계가 있어야 한다'고 말했다. 찬탄이나 감탄, 놀라움이나 경이로움이 살포시 고개를 내밀 수도 있는 글이 서평이다. 학술 논문보다는 촉촉하고, 감상문보다는 엄격한 글이 서평인 것이다.

지금 대학생이나 대학원생이 아니라면 학술적인 독서까지 가지 마시라는, 이 챕터의 설명에 크게 개의치 않아도 좋다. 이 챕터의 충고가 주요한 경우는 일상적으로 리포트 쓰기를 해야만 하는 상황뿐이다. 그런데, 반대로 서평 과제를 위해 이 책을 선택한 대학생이라면, 꼭 기억하시길 바란다. 리포트 쓰기에 익숙해진 입장에서는 학술 논문의 축소판을 쓰는 것이 서평의 이상적인 모습이라고 생각할 수도 있다. 같은 리포트, 같은 과제여도 서평과 소논문은 다르다. 서평도 모르겠고 소논문도 모르겠는데 대체 무슨 소리냐 싶은 서평러라면 감각적으로 이렇게 이해해놓는 것도 도움이 된다. 서평은 학술 논문보다 덜 딱딱해도 된다. 반드시 자에 잰 듯 딱 떨어지는 형식과 문장력과 논리력으로 무장하지 않아도 된다.

딱딱함의 정도로 쉽게 비교하자면 이렇다. 독후감이 가장 말랑 촉촉하고(카스텔라), 서평이 그 다음으로 중간(달걀 반숙) 정도이고, 학술 활동은 아주아주 딱딱하다(돌멩이급). 가장 정확한 표현은 아니지만, 이렇게 서평과 다른 영역의 차이점을 인지하는 것은 서평 이해에 도움이 될 것이다.

서평 작성을 위한 효율적인 두뇌 플랜

자, 지금까지 우리가 배운 것은 딱 2가지로 요약된다.

서평의 의미와 독서의 3가지 단계.

'엥? 뭘 배웠다는 건가? 금시초문인데?' 방금 이런 유형의 질문이 대뇌를 스치고 지나갔다면, 불행하게도 책의 첫 페이지로 되돌아가 다시 읽어야 한다. 다시 읽기 힘든, 또는 읽기 싫은 분들을 위해 간략히 요약하자면 다음과 같다. 서평은 책에 대한 분석적 평가라는 것과 우리가 의도적으로 선택해야 할 독서 방식은 비판이라는 중간 단계라는 것. 여태껏 우리는 바로 이 2가지를 배웠다.

그중에서도 '서평이 뭐냐'는 것이 최고 핵심이다. 서평을 어떻게 써야 하는지 헷갈린다면 늘 '서평'이라는 말의 뜻을 떠올리는 것이 좋다. "나는 지금 책을 평가한다, 평가한다, 평가한다"고 중얼거려보는 것도 꽤 도움이 된다. 그러면서 "나는 꽤 예민한 감수성을 발휘해 이 책을 감상했으며, 냉철한 지성으로 이 책을 분석하고 있다"고 생각하는 것은 더 도움이 된다. 더 도움이 된다고 표현한 이유는 '감수성'과 '지성'의 결합이야말로 서평의 가장 바람직한 수준이기 때문이다. 물론 이렇게 쓸 수 있는 서평러는 몹시 드물다. 따라서 가장 이상적인 수준이라고 말하는 편이 좋겠다.

이 이상적인 수준이 대체 왜 '이상적인 수준'이 되었는지, 사례를 통해 생각해보자. 한 편의 소설을 읽고 서평을 쓴다고 치자. 한 사람은 그 소설을 매우 감동적으로 읽었고, 읽고 나서도 먹먹한 마음을 주체할 수 없었다. 그래서 그는 친구들에게 "이 책은 내 인생에서 가장 기억에 남는 책이야. 정말 좋아. 너도 꼭 읽어봐"라고 말했다. 그런데 이 반응을 그대로 글로 옮긴다고 해서 서평이 되는 것은 아니다. 그대로 옮기면 서평이 아니라 일지나 일기에 가깝다.

• 서평 쓰기를 위한 두뇌 플랜

이제부터의 설명이 중요하다. 서평러는 서평 쓰기를 위해 맞춤형 두뇌(사고) 플랜을 훈련해야 한다. 일종의 서평 프로세서의 정신적 과정을 따라가보자.

예를 들자면, 우리 서평러들이 서평에서 해야 할 일은

1. 왜 '마음이 먹먹한가'의 원인을 분석하고,
2. 이 책이 왜 이렇게 '좋았을까'의 근거를 찾아내 드러내는 것이다.
3. 그리고 분석과 근거를 바탕으로 다른 사람들이 책을 읽고 싶도록(혹은 전혀 읽고 싶지 않도록, 혹은 읽을 필요가 없도록)

4. 내 판단을 그들도 역시 신뢰하도록 설득해야 한다.

이것이 바로 서평의 전체적 프로세스다. 내가 읽은 '마음의 방향'을 바탕에 슬쩍 깔고, 다시 말해 내 정신과 감수성이 책과 소통하도록 하고 나서, 그 결과물을 지성적이며 논리적으로 분석해보면서 왜 내가 그렇게 읽었는지를 드러내는 것이다.

여기에 서평의 실전과 실제와 목표가 거의 다 밝혀져 있다. 서평에 접근해가는 이 두뇌 과정은 매우 중요해서 우리 독자들께서 찬찬히 자기 경우에 대입해보았으면 하는 바람이 있다. 좀 전에는 '먹먹한가'와 '좋았을까'를 기저에 깔고 설명했지만 이 작은 따옴표 안에 들어가는 표현은 책과 필자에 따라 무궁무진해진다. 이 책은 '왜 불편할까', 이 책은 '어떻게 불편해졌을까'도 가능하다. 때로는 이 책은 '왜 슬플까', '어떻게 슬픔을 드러냈을까/어떻게 효과적으로 슬퍼졌을까'도 가능하다. 혹은 이 책은 '시대에 뒤떨어졌다', '어떻게 구시대적인 사고방식이 되었을까'도 물론 가능하다.

눈치챘겠지만 서평러는 반드시 책에 대해 질문을 던져야 한다. 마치 자아분열처럼, 가만히 있는 책에게 내가 질문을 던져놓고 또 내가 그 질문에 답을 찾아야 한다. 북 치고 장구 치고 혼자 해보는 건데, 이 과정이 있어야 나만의 서평이 잘 나온다.

질문이 없으면 서평을 쓸 수가 없다. 없으면 만들어서라도 던져야 한다. 잘 만들어지지 않으면 도구가 필요하다. 속된 말로 화장도 도구발이고, 게임도 아이템발이다. 서평러의 멋진 질문도 도구가 있으면 훨씬 수월하다. 서평러가 책을 분석하려고 덤빌 때 상비할 무기는 '왜?'와 '어떻게?'이다. 얘네 둘은 같이 붙어다니는 게 좋다. 큰 녀석 '왜'가 나오면 꼭 둘째 '어떻게'로 연결이 되도록 해야 말할 거리도 많아지고 분석도 풍성해진다. 그러니 '왜'는 오른손, '어떻게'는 왼손에 쥐고 책에게 막 던져보자.

좋은 인터뷰이가 좋은 인터뷰어를 만드는 법이다. 다시 말해 좋은 질문이 좋은 접근을 이끌어낸다. 텍스트에 접근하는 질문지들을 다양하게 만들어보는 것이 어려우면 우선, 영화나 드라마를 보면서 이런 저런 질문지를 적어보자. 우리가 느끼는 것이 중요한 것이다. 우리가 받아들이는 과정이 정답이다. 이 느낌과 과정에서 〈1차 질문지〉가 생성된다. 나만의 글은 〈1차 질문지〉를 발달시키고 전개시키면서 생성된다. 예를 들어,

- 영화 〈기생충〉은 왜 우스꽝스러우면서 슬플까. 어떻게 그럴까.

  나는 이 영화가 굉장히 좋았는데 그 이유를 논리적으로 분석하자면 뭘까.

- 영화 〈엑시트〉는 왜 웃기면서 씁쓸할까. 어떻게 그럴까.

나는 이 영화가 좀 실망이었는데 그 이유를 논리적으로 분석하자면 뭘까.

- 영화 〈조커〉는 왜 잔인한데도 슬플까. 어떻게 그럴까.

  나는 이 영화를 보고 굉장히 불편했는데 그 이유를 논리적으로 분석하자면 뭘까.

- 소설《토지》는 엄청 긴데 왜 잘 읽힐까. 어떻게 그럴까.

  나는 이 소설을 읽고 나서 '와! 대박!'이라고 생각했는데 그 이유를 논리적으로 분석하자면 뭘까.

- 소설《호밀밭의 파수꾼》은 생각보다 짧은데 왜 이렇게 안 읽힐까. 어떻게 그럴까.

  나는 이 소설을 읽고 나서 '에계계~'라고 생각했는데 그 이유를 남들에게 설명하자면 뭐라고 할 수 있을까.

- 학술서《사피엔스》는 학술서인데 왜 재미있을까. 어떻게 그럴까.

  나는 이 책을 읽고 나서 저자의 다른 책을 읽어보고 싶어졌는데 그 이유를 논리적으로 서술한다면 뭘까.

이렇게 느끼는 대로 끄적거린 것이 〈1차 질문지〉이다. 자연스럽게 생성된 〈1차 질문지〉는 생각의 원천이다. 매우 중요하다. 이 메모지를 앞에 놓고 다음 단계로 넘어가보자.

다음 단계란 '왜'와 '어떻게'를 활용해서 생각을 보다 논리적인 세계로 확장하는 것이다. 이런 작업이 가능하기 위해서는 서로 다른 두 번의 독서가 필요하다고 생각되지 않는가? 정신과 감수성을 열어놓고 읽는 한 번의 독서, 그런 후에 보다 차갑고 객관적으로 판단하면서 읽는 또 한 번의 독서. 이 두 독서의 결합이 위에서 말한, '따뜻한 감수성과 차가운 지성'의 결합이다. 그리고 이 두 독서의 결합이 더 위에서 말한, '1단계 독서와 2단계 독서까지 가야 한다'는 충고와 같은 말이다. 이 길이 쉽겠는가. 설명도 어려운데 쓰기란 도통 쉽지 않은 일이다. 그런데 도전할 만하다.

경험적으로 서평을 여러 번 가르치고 과제를 많이 읽다 보면, 서평러 스스로 이 두 독서의 결합을 조금씩 황금비율로 맞춰가는 경우를 만나게 된다. 요리사마다 음식 조리법이 다르고 손맛이 다르듯 글의 황금비율은 제각기 다르다. 학교 다닐 때 교과서 말고는 책을 읽을 시간이 절대적으로 부족했는데 우리에게 과연 무슨 서평 기회가 있었겠는가. 대부분은 대학에 와서 처음 서평 쓰기를 배운다. 제대로 배우는지는 의문이다. 그런데도 점차

'난류(暖流) 같은 마음'과 '한류(寒流) 같은 지성'을 섞어, 매우 온난한 글을 쓰게 되는 서평러들이 분명 있다.

• '유사 서평'에 주의하세요!

감수성이 은은하게 반영되어 있고 지적이며 분석적으로 자기 판단을 풀어낸 글을 서평의 최고 경지로 생각해보자. 그리고 직접 한번 써보자. 물론 쉽게 잘 안 된다. 가르치는 나도 쉽게 잘 안 된다. 포기하지 말라.

특히 어느 쪽이 잘 안되냐면 후자, 그러니까 지적, 분석적, 판단력 등등 이 부분이 잘 안 된다. '지적으로 분석'이라든가 '날카롭게 판단'이 서평에 들어가야 한다는 사실은 조금만 설명해도 사람들은 대번에 이해한다. 그런데 문제는 이해의 다음부터다. 할 일도 알겠고 목표도 알겠다만, 대체 그걸 어떻게 실천하느냔 말이다! 구체적으로 무슨 내용을 작성해야 할지 대부분의 예비 서평러들은 실전에서 당황해한다.

얼렁뚱땅 대충 써서 제출한 서평은 여기서 논외로 치겠다. 가장 안타까운 경우는 엄청나게 열심히 읽고 열심히 썼는데 서평이 아니라 전혀 엉뚱한 글을 써 온 경우이다. 서평이 뭔지 잘 모르고 '그냥', '무조건' 열심히 쓴 글의 대부분은 따뜻하다 못해 뜨겁기까지 한, 온통 감수성 범벅의 글인 경우가 많다. 미사여구와 감탄사와 찬탄과 눈물과 경외로 가득한 글을 상상해보시라. 오버된 감수성의 홍수는 오글거려서 읽는 쪽도 힘들다.

그 위험을 방지하기 위해 지금부터 서평에 보다 가까이, 접근해보기로 하겠다. 서평의 정체는 대체 무엇인가. 서평을 이해하는 효과적인 방법은 서평이 아닌 '유사 서평'과 구분하는 것이다. 우리가 주의해야 할 '유사 서평'이란 다른 것이 아니라 바로 '감상문'이다.

서평은 독후감이 아니라고 앞에서도 여러 번 강조했다. 그런데도 사람들은 자꾸만 독후감을 작성하려는 경향이 있다. 서평계에는 독후감의 인력(引力-모든 서평을 독후감화하는 힘)이 알게 모르게 작용하고 있다. 기승전 서평을 쓰다가 결론에서 독후감으로 돌아가버린다고나 할까.

물론 본인이 쓰고 싶어서 쓰는 것이라면 말릴 생각은 없다. 말리기는커녕 자신이 읽은 책에 대해 독후감을 쓴다는 것은 아주 훌륭한 선택이다. 정말로 불행한 경우는 독후감을 쓰라는데 서평을 쓰고, 서평을 쓰라는데 독후감을 쓰는 경우이다. 비유하자면 이것은 출제자의 의도를 전혀 이해하지 못하고 문제집의 문제를 푸는 경우에 속한다.

사람들이 이름만 서평이고 내용은 독후감인 글을 쓰는 이유는 몹시 간단하다. 독후감은 써보았고 서평은 써보지 않았기 때문이다. 독후감은 초등학교 때부터 쓴다. 요즘처럼 독서를 강조하는 교육 풍조에서는 어린 후속 세대일수록 독후감을 더 일찍, 더 많이 쓰는 경향이 있다.

또 하나의 이유는 독후감보다 서평이 어렵기 때문이다. 항상 그런 것은 아니지만 대개 서평 쓰기는 독후감보다 어렵고 어른스러운 글이 될 때가 많다. 감상을 적는 것으로 끝나는 것이 아니라 '지적'인 측면이 들어가기 때문이다. 어떤 사태/현상/논쟁/논점/주장/이야기에 대해서 온전하게 '판단'할 수 있으려면 세계관, 가치관이 성립되어 있어야 한다. 나아가 사회적 개념이나 인간에 대한 생각, 사상적인 측면도 좀, 가능하다면 많이 알아야 한다. 어린아이는 독후감을 써서 백일장에 나가 상을 받을 수는 있다. 그런데 우리가 어린아이에게 보편적으로 논리적이며 세계관적인 '판단'을 능숙하게 하리라 기대할 수는 없다. 독후감이라는 글의 범위는 무척 넓다. 그 글을 쓸 수 있는 사람의 범위도 넓다. 읽고, 감상하는 것을 열심히 하면 독후감을 완성할 수는 있다. 그런데 서평은 그보다 더 까다로운 글이다. 그냥 읽고 감상하는 것 외에 분석, 평가, 판단 등을 더해주어야 한다.

초등학교 시절에 쓴 독후감을 떠올려보자. 권정생의 《몽실언니》라는 책을 읽고 독후감을 썼다고 해보자. 초등학생인 우리는 다음과 같은 글을 썼을 수 있다.

초등학생의 독후감은 서평과 어떻게 다른가의 예시

착한 몽실언니의 거룩한 희생정신

- 권정생의 《몽실언니》를 읽고

3학년 4반 나민자

어렸을 때 나는 《강아지똥》이라는 동화책을 아주 재미있게 읽었는데, 그 동화책을 쓴 사람이 바로 권정생이다. 사실 나는 너무 어려서 《강아지똥》의 줄거리는 기억해도 작가의 이름이 무엇인지는 알지 못했다. 그런데 언젠가 TV에서 권정생의 삶과 문학을 다룬 다큐멘터리를 우연히 보게 되면서 몹시 좋아했던 《강아지똥》이 같은 소설가의 작품이라는 사실을 알게 되었다. 관심을 갖고 있던 터에 이번 우리 학교 독서 주간에 권정생의 다른 책들을 찾아 읽고 싶다는 생각을 하게 되었다. 그래서 빌려 읽은 책이 바로 《몽실언니》이다. 처음에 이 책을 도서관에서 빌렸을 때는 앞부분만 조금 읽고 나머지는 나중에 읽으려고 했다. 그런데 책을 펼치자마자 나는 몽실언니의 스토리에 빠져서 앉은 채로 끝까지 읽고야 말았다. 옛날 책이어서 이해할 수 있을까 걱정했는데 생각보다 더 감동적이고 슬펐다.

한국 전쟁이 일어나기 전 한 마을에 몽실언니가 살고 있었다. 몽실이는 착한 소녀였다. 불행히도 어머니와 아버지가 이별을 하게 되고, 몽실언니는 어머니를 따라 살게 된다. 그런데 새아버지가 몽실이를 무척 구박한다. 그래서 결국 몽실이는 어머니를 떠나 아버지와 새어머니와 함께 살게 되었다. 북촌댁이라는 새어머니가 몽실이에게 잘해주면서 행복하게 사는가 했는데 새어머니가 아기를 낳다가 죽고 만다. 아버지까지 전쟁에 끌려가는 바람에 몽실이는 암죽을 끓여 먹여가면서 어린 동생을 혼자 키우게 된다. 이후 아버지가 돌아오시는데 아버지는 전쟁에서 다쳐 절름발이가 되고 말았다. 몽실이는 갖은 고생을 하면서 아버지와 함께 난남이와 다른 동생들을 보살피는데 결국… (이후 줄거리 생략)

이 책을 보고 나는 너무 슬펐다. 우선 몽실이가 구박을 당해 다리를 다치는 바람에 절름발이가 된 것이 너무 슬펐고, 몽실이를 구박하는 새아버지가 미웠다. 그리고 새어머니가 남기고 간 어린 동생을 홀로 키우는 장면에서 몽실언니의 희생정신에 감동하지 않을 수 없었다. (…중략…) 전쟁이 일어나서 이렇게 많은 사람이 다치고, 몽실언니같이 착한 보통 사람이 희생당하는 것을 보면서 전쟁이 다시는 일어나지 말아야 한다고 생각했다.

초등학생의 독후감이다. 어떤가? 지금 대학생이 된 독자는 이 글을 읽으면서 유치하다고 생각했을 수 있고, 어른이 된 독자는 비웃었을 수 있다. 그런데 가끔이지만 이와 대동소이한 글을 실제로, 무려 대학생의 서평이나 어른의 글에서 발견하곤 한다. 이 글을 읽는 독자는 자신이 결코 이런 유형의 글을 안 쓰고, 훨씬 수준 높은 글을 쓴다고 자신할 수 있을까. 그럴 수도 있지만 그렇지 않을 수도 있다. 만약 한 예비 서평러가 책의 줄거리를 좌르륵 요약해놓고, 그 다음에 자신의 느낌만 한두 문단 붙여서 서평을 마무리했다면, 이 초등학생의 독후감과 다를 게 없다.

요지는, '줄거리 요약+감상'이 결코 서평은 아니라는 것이다.

'평가'가 전무한데 서평이라고 말할 수 없다. 게다가 초등학생이 아닌데도 '나는 슬펐다'라든지, '나는 눈물을 흘리고 말았다'라는 감상이 책에 대한 감상의 주된 골자가 되는 경우도 있다. 서평이 요구하는 내용은 당신이 울었는지, 슬펐는지 등이 아니라는 점을 상기해야 한다.

만약 독후감이 아닌 서평으로서, 권정생의 《몽실언니》에 대해서 쓴다면 무엇을 써야 할까. 동화책이라고 해서, 초등학생이 읽고 독후감을 쓰는 책이라고 해서 서평 대상 도서가 되지 말라는 법은 없다. 오히려 서평 쓰기 자체가 겁이 난다면 쉬운 책부터 접하는 것도 도움이 된다.

서평을 쓰면 저절로 따라오는 꿀이득

서평을 쓰고 싶어서 이 책을 읽고 계시는 서평러들은 복 받으시라. 그렇지 않고 '서평 그게 뭔데, 거 꼭 알아야겠수?' 이런 마음가짐이시라면 무릎을 맞대고 진지한 이야기를 나누고 싶다. 서평을 쓰면 '내 인생에 좋을 게 있다'는 말씀을 (궁서체로) 드리고 싶은 거다.

요즘 세상에서는 공부의 방식에 있어 '암기'가 덜 중요하다.

예전에는 '암기력'이 지식인 최상의 능력이었다. 이를테면 일본의 고대에는 '가타리베語部'라는, 구전되어 오던 신화, 역사, 전승 등을 암송하여 전하는 일을 직책으로 하던 사람들이 있었다. 문명 자체가 기록을 통으로 암기하는 능력으로 계승된 것이다. 물론 아무리 최첨단 사회가 된다고 해도 암기가 전혀 안 중요하다고 말할 수는 없다. 암기가 '안' 중요하다기보다는 암기만 중요하게 생각해서는 창의적인 일을 할 수 없다는 뜻이 더 크다. 최근에는 '구글링'으로 대표되는 자료 조사searching 작업이라든가, 자료를 새로 조직해서 일종의 합성물을 만들어내는 일에 더 많은 가치를 두고 있다.

공부를 한다는 전제하에 공부의 방법을 한번 정리해보자. 암기는 지극히 보수적인 공부 방식이다. 이전 세대의 지식을 고스란히 다음 세대의 지식으로 옮기는, 지식계의 절대질량 보존법칙을 지키는 공부라고 할 수 있다. 머릿속에 문명의 기본적인 공식을 적어놓는다는 것은 상당히 멋진 일이다. 이 공부는 기초 작업을 탄탄하게 해준다는 장점이 있고 반대로 딱딱하다는 단점이 있다.

반면 구글링식 공부 방식은 지극히 자유로운 공부 방식이다. A라는 한 개념으로부터 무한히 넓은 다수의 개념으로 파생될 수도 있고, 연상과 비교와 유사성을 통해 생각을 확장할 수도 있다. 그런데 구글링에 구글링을 더하다 보면 뇌는 지나치게 피로해지고, 중요한 첫 지점이나 아이디어를 놓칠 수 있다. 구글링 공부는 확장의 장점과 희석의 단점을 지니고 있다. 생각이 지나치게 많은 정보로 희석되면 애시당초 무슨 생각을 했는지조차 기억이 안 난다. 결국 좋은 성과로 이어지지 못한다.

텍스트의 입장에서 놓고 보자면 암기는 텍스트의 범위와 양이 확실하게 정해져 있다. 암기하려는 자, 혹은 지식 전승자는 그 정해진 범위와 양을 뇌에 집어넣으면 된다. 문제는 인간 문명이 지나치게 빨리 발전한 탓에 이 범위와 양이 감당하지 못할 정도로 증가했다는 것이다. 따라서 모든 것을 암기하는 일은 세상에서 가장 불가능한 일이 되어버렸지만 공부로서의 암기는 흔하며 가능하다. 중간고사를 위해 사회 교과서의 절반을 외웠던 기억이 있을 것이다. 그 절반을 외우는 일은 힘겹지만 가능은 하다. 이에 비해 구글 검색란을 오픈북으로 주고 중간고사를 보라고 한다면 상당히 당황스러울 것이다. 미리 대비할 수도, 모범 정답이 있을 수도 없다.

많아서 문제지만 어쨌든 절대적인 텍스트의 양이 존재하는 암기와는 달리, 구글링의 공부에서는 텍스트의 양이 무한대라고 인식된다. 그리고 텍스트는 암기의 대상과는 달리 숫자나 문자로 이루어져 있지 않다. 구글링의 텍스트는 문자와 숫자를 포함한 이미지와 영상, 소리와 빛까지를 포함하고 있다. 그리고 각각의 텍스트는 처음과 끝이 명확하지 않으며 매우 많은 양의 텍스트는 한 콘텐츠의 중간 조각일 경우도 흔하다.

이 암기의 공부와 구글링의 공부 중에서 우리가 어떤 것을 선택해야 할지는 중요한 문제이며 늘 헷갈리는 문제다. 수능 공부와 내신 대비를 오래 해온 한국의 수험생들은 암기의 공부에 익숙하다. 그런데 암기의 공부법을 하던 학생들이 중등교육기관을 졸업하고 대학생이 되는 순간, 전혀 다른 상황으로 바뀐다.

학생들은 대학생이 되는 순간 '창의력'과 '비판력'이 가장 중요하며 '지성인'이 되어야 한다는 말을 자주 듣게 된다. 학생들은 '지성'이 무엇인지 잘 모른다. 대개는 많이 알아 박식한 사람을 떠올릴 수밖에 없는데 박식한 인간이란 당연히 암기를 잘하거나 적어도 오래 한 사람일 수밖에 없다. 하지만 대학에서 원하는 지성은 박식이 아니라 교양에 가깝다. 물론 교양인 되기는 지성인 되기보다 더 어려운 난코스다. 미리 말해두자면 지성과 교양의 문제, 창의와 비판의 문제는 서평 쓰기에서 매우 중요한 키워드이다. 그러므로 뒤에서 다시 설명할 것이다.

어쨌든 창의, 비판, 교양, 지성이라는 대의 앞에서 '대'학생들은 공부의 전환기를 맞는다. 그러면서 더 이상 암기의 공부를 하는 것이 아니라 더 나은 '어른의 공부'를 해야 한다는 강박에 시달리게 된다. 교과서 암기식의 공부가 아니라, '다른 공부'는 대체 무엇일까. 이럴 때 많은 학생들이 '암기'의 반대편에 놓여 있는 '구글링 공부'을 선택한다.

구글링 공부의 장점은 내가 하고 싶은 방향으로 나아갈 수 있다는 것이다. 불행히도 살다보면 장점보다 단점이 더 치명적일 때가 많은데 이번 경우도 마찬가지다. 구글링 공부에는 모든 것을 다 공부할 수 있으므로 아무것도 공부하지 않게 된다는, 몹시 치명적인 단점이 있다. 대체 무엇을 해야 하는지도 모르겠고, 시작도 끝도 없기 때문에 길을 잃기 쉽다. 내가 무엇을 공부해야 할지, 너무 많은 정보를 모아놓다가 공부를 접고 말 때가 많다. 구글링은 공부를 시작하는 대학생들에게 많은 기쁨을 주지만, 반대로 너무 많은 선택지를 보여주기도 한다. 어떤 텍스트가 믿을 만한지, 어떤 텍스트가 중요한지, 무엇부터 접해야 할지 알려주는 선생님이 없는 가운데, 점차 학생들은 피로해진다. 메뉴가 너무 많은 식당을 처음 방문한 사람들이 메뉴 고르기에 실패하는 것과 같은 상황이다.

이럴 때, 암기의 공부는 넘어서야겠고(하지 말라고는 말하지 않았음을 분명히 한다) 구글링의 공부를 하다 보니 어지러울 때, '책'을 붙들고 공부하는 것만큼 균형을 잡아주는 방식이 또 없다. 옛 말씀 중에 틀린 것 하나 없다는 옛 말씀이 틀려가는 요즘이지만,

그래도 책만 한 선생은 없다는 옛 말씀은 여전히 옳다. 우리는 평생을 걸쳐 교과서 시대보다 더 넓고 자유롭게 배울 필요가 있는데, 검색창과 인터넷에만 빠져들면 지나치게 떠다닐 위험이 있다. 투자의 안전자산이 금인 것처럼 책은 공부의 최대 안전자산이다. 그래서 일평생 사람은 공부해야 산다고 생각하는 사람이라면 우선 책 읽기의 세계에 빠질 필요가 있다. 왜냐하면 오늘날의 책 읽기가 '암기'라는 전통적인 공부 방식과 '검색'이라는 현대적인 공부 방식을 중도적으로 활용하면서 동시에 비판과 창의와 교양과 지성에 접근할 수 있는, 제3의 공부 방식이기 때문이다.

사람들은 '책'이 중요하다고 생각하면서도 '책 읽기'를 좋아하지는 않는다. 물론 모두는 아니고 '대개의' 사람들이 '책 읽기'를 좋아하지는 않는다. 그런데 아시는지. 책 읽기가 쉽고, 즐겁고, 좋기만 한 사람은 세상에 몹시, 매우, 극히 드물다. 나는 책이 밥보다 좋은 사람은 평생 딱 두 명 만나보았으며 선인들의 글에서는 그보다 많이 보았을 뿐이다. 그러므로 본인이 책과 별로 친하지 않다는 것을 창피해하거나 부정할 필요는 없다. 싫음에도 불구하고 이 서평 쓰기 책을 붙들고 읽고 있다면, 이미 대단한 경지 – 책을 그다지 사랑스러워하지 않음에도 자신의 본연의 본성과는 반대로 책과 가까이 하려는 의지의 경지 – 에 오른 것이다. 결론적으로 사람들은 책을 엄청 좋아하지는 않지만 책 읽기가 엄청 좋다는 것은 (자주 들어서) 안다. 그러므로 이 책에서는 맛이 없는 유기농 채소로 만든 나물을 밥상에 올리는 엄마의 심정으로 '독서'를 강권한다.

궁서체로 말하자면, '책은 읽어야 한다.' 그 이유는 이와 같다.

여러분은 타임지 선정 100대 영화의 리스트를 금방 검색할 수 있다. 그 리스트의 1번이 왕가위 감독의 〈화양연화〉라든가, 그 리스트 안에 내가 아는 영화 10편과 모르는 영화 90편이 들어 있다는 것 정도는 10분도 안 되어서 확인할 수 있다. 요즘 유행하는 스타일대로라면, '죽기 전에 보아야 할 명작 영화 100편'에 포함되어 있어서, 보지 않는다면 감히 죽을 수도 없을 것 같은 영화 100편의 스토리를 마음만 먹으면 일주일 안에 다 알 수도 있다.

정말이지 여러분은 금방 알 수 있다. 〈매트릭스〉를 보지 않아도 네오가 누구이며 시온이 무엇인지, '매트릭스'의 의미가 무엇인지에 대해서 잘 정리해놓은 블로그 다섯 개만 보아도 다른 사람과 대화하기에 어색하지 않다. 그런데 이렇게 아는 것과 직접 보는 것은 다르다. 적당히 영화의 정보, 줄거리, 대사, 주제를 아는 것은 그것을 직접 음미해본 것과 다르다. 감상의 즐거움 차원에서만 다르다면 강권까지 할 필요가 없다. 감상의 즐거움 차원에서만 다른 것이 아니라 내 안에 스며드는 영향력 면에서 다르다. 심지어 10대에 보았던 〈바람과 함께 사라지다〉와 20대에 보았던 〈바람과 함께 사라지다〉와 30대에 보았던 〈바람과 함께 사라지다〉는 같은 영화이면서도 한편 다른 영화이다. 그런데 러닝 타임 내내 감상하는 즐거움이 '있다/없다'를 떠나서 직접 영화를 보지 않은 사람은 그 영화의 어느 조각이 내 인생과 영혼을 훅 치고 들어오는 기회를 얻을 수 없다. 모든 영화가 그런 것은 아니지만 한 영화의 장면과 대사가 내 삶의 의미라든가 오늘 오후를 다르게 만들 수 있다. 그렇게 큰 영향이 아니라면, 적어도 나에게 전혀 다른 무엇을 생각하게 하는 기회, 대상을 다른 시각으로 바라보게 하는 기회, 나와 다른 세계와 생각을 접하게 하는 기회일 수도 있다. 이 기회는 남의 블로그만 가지고는 얻을 가능성조차 없다.

책도 마찬가지이다. 여러분은 민음사 세계문학전집의 리스트를 좌르륵 뽑아놓고 하나씩 줄거리를 검색할 수 있다. 이를테면 여러분은 '저 책은 읽어보지 않았지만 대충 무슨 내용이라고 들었다'라고 생각할 수 있다. 예전 《고교 독서평설》에서 누군가 요약해놓은 것을 읽은 기억도 있다. 혹은 입시 준비차 논술 수업 자료용으로 읽어본 적도 있을 수 있다. 나머지 대다수의 책은 난생 처음 들어봤다고 해도 한 권당 검색할 시간 30분을 준다면,

손이 빠른 학생들은 간략한 책 소개를 적어도 500자 정도 쓸 수 있을 것이다. 그런데 그렇게 안 책은 여러분을 스쳐 지나간다. 중요한 의미가 되지 못하고, 영향도 미치지 못하며, 앞으로도 그럴 것이다. 아는 것이 아는 것이 아니고 직접 읽어보아야 한다. 읽고 나서 '정말 싫다, 혹은 반대한다, 혹은 이해할 수 없다'는 결론을 얻는다고 해도, 그 독서는 검색을 통해 줄거리와 주제를 넘겨받는 것보다는 더 좋은 영향을 미친 것이다.

영향력이니, 영혼에의 스며듦이니 이런 소리를 하지 않아도 '책은 읽어야 한다.' 왜냐하면 책을 읽음으로써 우리는 배우게 된다. 책에는 사람들의 의견, 생각, 숨소리, 웃음소리, 고통, 신음, 비판, 미움, 용서, 사랑, 분노, 잘못, 후회, 질책 등이 담겨 있으므로, 우리는 이것들을 책으로써 학습하게 된다. 읽으면서 더 많은 암기의 대상을 만날 뿐만 아니라, 더 많은 숙고의 문제들, 더 많은 알아야 했으나 숨겨져 있던 진실들, 생각하는 방식과 생각해야 할 방식에 대해서 배우게 된다. 이를테면 《사피엔스》를 읽으면서는 호모 사피엔스의 잔혹함을 배우고, 가상의 것을 상상케 하는 언어의 힘에 대해 배운다. 이 배운 것을 바탕으로 우리는 인간이 덜 잔혹한 존재가 되는 방법을 고민할 수 있고, 만들어진 가상보다 더 중요한 것이 없는지 생각을 시작할 수 있다. 《정의란 무엇인가》를 읽으면서는 낙태 문제와 존엄사에 대한 철학적이고 윤리적인 논쟁 등 평소 잘 생각해보지 않았던 문제에 대해서 고민이라는 것 자체를 시작하게 된다. 이것이 바로 서평을 쓰면서 얻을 수 있는 내 두뇌의 소득이다.

2부

서평러의 기초 체력 키우기

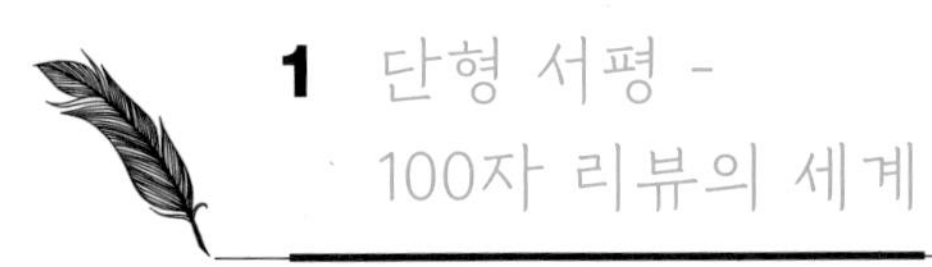

1 단형 서평 - 100자 리뷰의 세계

가장 짧은 서평이다. 우리 대부분이 이미 접했던 경험이 있다. 리뷰로서의 초단형 서평은 우리 일상에 깊이 들어와 있다. 이를테면 "안 본 눈 삽니다" 같은 문장이라든가, "내 인생 최고의 망작" 같은 것도 1줄 리뷰이다. 심지어 이런 표현은 일종의 유행어로 느껴진다. 그 정도로 리뷰는 우리 삶과 가깝다.

단형 서평은 영화평에서 시작된 '별점 주기(★★★★★)'를 책 영역으로 확장한 버전이다. 별표(★)를 간단한 언어 표현으로 구체화한 것이다. 100자평의 사촌으로는 네이버 영화평(movie.naver.com)이라든가 왓차평(watcha.net) 등이 있다.

이런 리뷰를 간단히 정의한다면 책에 대한 '댓글 달기'이다. 댓글에서는 '자기 판단만 쓰는 경우'랑, '자기 판단의 근거까지 적는 경우'랑 어느 편이 많을까? 압도적으로 자기 감상, 주관적 결론만 쓰는 경우가 많다. 책에 대한 댓글 리뷰에서도 마찬가지다. 지극히 개인적인 판단, 그것의 압축적 표현이 큰 비중을 차지한다.

이른바 '댓글 리뷰'의 미덕은 속전속결, 빠른 반응이라는 것. 그리고 더할 나위 없이 솔직하다는 것이다. 빠르고 솔직한 반응이 담겨 있으니까 출판사에서 대중 독자들의 반응을 볼 때에는 이 댓글에 유의한다. 댓글 리뷰의 전체를 보면 '이 책이 어느 층에게 얼마큼 팔리겠구나', '어떻게 읽히는구나' 등 시장 반응을 대체적으로 짐작할 수 있다. 그런데 전체로서는 상당히 신뢰 있는 영역이어도 리뷰 하나하나를 믿기는 어렵다. 주관적 판단, 혹은 판단도 못 된 감상이나 비판을 제기하는 경우가 왕왕 있다. 익명이기 때문에 객관적 신뢰성이 흔들리기도 한다. 그럼에도 불구하고 '살까 말까'를 결정하는 다른 사람들에게 단형 리뷰는 가장 좋은 소스가 된다.

1줄이나 100자로 글자를 제한하는 것도 그런 이유이다. 짧고 간단하게 정보를 정리해놓았으니, 다른 사람들이 와서 후루룩 정보 채집하기가 쉽다. 리뷰를 1,000자, 5,000자, 해놓았으면 쓸 사람도 읽을 사람도 글자 수에 반비례해 줄어들었을 것이다.

짧은데 제대로 쓰고 싶다면 눈에 힘을 주고 써야 한다. 쉽지 않다는 말이다. 그리니까 "나는 바보인가. 대체 왜 1줄 코멘트도

달지를 못하나" 하고 좌절할 필요가 없다. 원래 '1줄'이 어려운 거다. (명언집에 그 많은 명언들을 보라. 그것은 엄청 짧지만 대단한 내공을 바탕으로 탄생한 것이다.)

앞으로도 이 책은 책 읽기에 더해, 책에 대한 '1줄 표현'을 습관적으로, 자꾸 생각해보시라고 독려할 것이다. 그 이유는 다음과 같다. '1줄 리뷰'는 책 안에서 발췌하거나 인용한 문장이 아니다. 그것은 내 안에서 내가 발췌한 나의 말이다. 그 '나의 말' 타입이 세상에서 가장 하기 어려운 종류에 속한다. 책에서 제일 좋았던 구절을 뽑으라고 하면 뽑을 수 있다. 그렇지만 그 책이나 그 챕터에 대해 '너의 생각을 1줄로 적으시오'라는 주문은 굉장히 난이도가 높다.

미리 밝히지만 1줄짜리 댓글 리뷰 잘 쓰기는 이 책의 궁극적 목표가 아니다. 그렇지만 어떤 글에도 중요한 '1줄'은 반드시 존재하고, 또 반드시 존재해야만 한다. 그러므로 압축적인 핵심 뽑아내기, 즉 '1줄 쓰기' 연습은 틈틈이 할 필요가 있다. 댓글 리뷰 자체를 위해서가 아니라 모든 서평 쓰기를 위해서 연습하라는 것이다. 이것은 기본기, 다시 말해 서평 쓰기를 위한 기초 체력 키우기에 해당한다. 체력은 자주자주 쉽게 접근하는 운동을 통해 길러진다. 엄청난 준비물과 비용이 필요한 운동은 필요 없다.

좋은 서평러가 되기 위한 체력 운동법은 이렇다.

하나, 책을 살 때마다, 책을 읽을 때마다 습관적으로 '1줄 리뷰'를 단다. 인터넷 기사에 댓글 달 듯 자주 달아본다.

둘, 심리적으로 쫄지 않는다. '내가 뭐라고 이 대단한 책에 코멘트를 단단 말인가' 이런 생각은 접어둔다.

셋, 남이 내 리뷰에 무엇이라고 평할지 상상하지 않는다. 남의 말이 중요한 것이 아니라 내가 스스로 판단하는 근육 기르기가 우선이다. 내 주체적 평가가 쑥쑥 자라도록 남의 시선은 OFF 처리한다.

넷, 구체적인 단어 표현이 너무 어렵다면 추천, 비추천 뭐를 선택할까 고민이라도 한다.

다섯, 다 읽고 달아야 할 필요는 없다. 읽은 부분까지 표시해놓을 때 책갈피 대신 포스트잇을 붙여놓고 거기까지의 '1줄 리뷰'를 달아본다.

식사의 끝은 '냅킨으로 입 닦기'이다. 마찬가지로 독서의 끝은 '쪽지에 리뷰 적기'라고 기억해두자. 위의 다섯 개 항목으로 연습하다가 이제 다른 사람들의 반응도 궁금하고 남들이 볼 평가를 써보고 싶으면 실제로 인터넷 서점에 로그인해서 댓글 다는 것도 좋다.

어떤 인터넷 서점은 책 구매자가 리뷰를 달 수 있도록 해놓고 '이 리뷰가 도움이 되었습니까' 항목을 만들어놓는다. 리뷰에 대한 리뷰로서 '좋아요' 혹은 리뷰 평가 5점 만점을 받기를 목표로 삼으면 더 효율적이다.

그렇다면 리뷰 세상에서는 어떤 리뷰가 높은 평가를 받을까? 당연히 구매나 짐작에 도움이 되는 리뷰가 좋은 평가를 받는다. 그런 리뷰는 대개 구체적인 자기 컨디션을 밝히면서 책 선택의 장단점을 적는다. 나아가 짧은 분량 내에 압축적인 내용을 담아야 하니까 비유를 선택하는 것도 좋은 방법이다.

좋지 않은 100자 리뷰 예시

"이 저자를 좋아하지는 않았지만 이번 책은 사세요. 두 번 사세요."

→ 너무 근거 없이 단정하는 경우. 리뷰 강도는 세도 읽는 이에게 주는 정보도 없고 대체 무슨 책이어서 이런 건지 알 수도 없다.

"내가 저 저자였으면 아우슈비츠 대학살 부분은 다르게 평가했을 텐데 아쉽다."

→ 잘난 척을 위한 리뷰. 근거 쓸 자리가 없다고 함부로 말하면 안 좋다. 자신의 자만심만 불리고 남에게는 영양가가 없다.

좋은 100자 리뷰 예시

"60대 여성인데 황혼이혼하고 나서 우연히 이 책을 접했어요. 절망에 빠졌을 때 내 인생을 돌아보고 나도 소중하다는 것을 깨닫게 해준 고

미운 책입니다."

→ 소박하지만 진솔한 이런 진술이 바로 100자 리뷰의 매력이다. 정보가 엄청 많지는 않지만 이 책이 내면을 위로하고 자아를 회복하게 하는 데 도움이 되는 책이라는 점은 짐작할 수 있다. 게다가 60대 여성이 목마르게 찾다가 도움을 받았으니 엄청 어려운 학술서나 고도의 읽기 훈련이 된 사람만 읽을 수 있는 책도 아닐 것이다. 60대 여성이라는 것, 이혼이라는 어려움을 겪었다는 것 등으로 자기 상황을 밝혔기 때문에 다른 사람들이 이 책의 쓰임새를 구체적으로 짐작할 수 있다.

"진화심리학계의 바이블로 알려져 있지만 그보다는 입문서로 적당함. 이쪽 논문을 쓰고 있는데 맨 뒤에 수록된 참고문헌이 자세해서 상당히 큰 도움을 받았음."

→ 이런 평 GOOD!

자신이 공부하고 있는 입장이어서 뭔가 비교군이 있음을 암시하고 있다. 이런 리뷰는 읽는 사람에게 신뢰감을 준다. 바이블보다는 입문서라고 정의해주고 있어 사람들이 이 책의 수준을 짐작할 수 있다. 그리고 본인에게 유용했던 소스나 부분을 공유한다는 장점이 있다.

"《하룻밤에 읽는 지식여행 시리즈》는 만화 같지만 철학자의 캐릭터를 중심으로 일대기와 핵심을 쉽게 설명해줍니다. 시리즈 다 좋은데 특히 〈라캉〉 편은 큰 도움이 됩니다. 물론 이 책이 라캉의 전부라고 생각하시면 안 됩니다. 이어 김상환 교수의 라캉 책으로 넘어가세요."

→ 짝짝짝, 참 잘했어요.

라캉뿐만 아니라 '시리즈'의 존재 및 전체적인 유용함에 대해 알 수 있다. 그리고 후속 독서에 대한 단서를 남기고 있어 이 책만으로는 조금 아쉬웠던 다른 사람들에게 도움이 된다.

"초등학교 3학년 남학생을 키우고 있는데 학습만화를 탈피한 한국사 책을 찾다가 정착했어요. 아이가 정말 재미있게 읽고 있어 다행입니다."

→ 실용적 버전! 보편적으로 가장 쉽게 접하고 또 가장 실질적 도움이 되는 리뷰 스타일이다. 한 책에 대한 리뷰를 읽는 사람들의 관심사는 엄청나게 다양하지 않다. 이 리뷰를 읽고 있는 사람들은 아마도 '초등학생+한국사+NO만화'의 조합을 찾아다녔을 것이다. 만화책 말고 뭔가 읽지 않으려는 초등 2~5학년 남학생의 부모들이라는 말이다. 그들에게 이 리뷰는 상당한 영향력을 발휘한다.

다시 말해서 좋은 100자 리뷰의 조건은 다음 3개로 압축된다.

하나, 구체적인 자기 경험 혹은 상황에 대한 제시(이해도 및 공감도를 높인다)

둘, 그냥 '좋다, 나쁘다'가 아니라 '특히 어느 면에서 도움이 된다, 좋다, 아쉽다, 나쁘다'라고 적기

셋, 유용성을 내용으로 삼아 책에 대한 정의 시도하기

부록 | 단형 서평의 친구들을 소개합니다.
필요하다면 골라 읽어보세요.

1 자소서용 서평

자소서용 서평이란

1) 고등학생이 대학교 입학 시 내는 서류

2) 대학생들이 재학 중에 작성하는 장학금 신청서 일부

3) 졸업 직전 상위 교육 기관 진학이나 입사 희망인에 적는 글 일부

로서의 서평을 말한다.

분량은 지정해주는 경우도 있고 아닌 경우도 있다. 지정한다면 500~800자 사이가 많다.

모든 자소서나 신청서가 그런 것은 아니지만, 종종 "인상 깊은 책을 함께 서술하라"라든가, "내 인생에 가장 큰 영향을 미친 책을 서술하시오" 같은 조건이 달려 있는 양식이 있다. 예를 들어 외부 장학금단체에서 장학금 신청자를 받으면서 "가장 존경하는 사람과 그 이유에 대한 서술을 포함하시오"라든가, "자신의 삶에 대한 가치관이나 지향성을 구체적으로 밝히시오"라는 조건을 옵션으로 주는 경우를 종종 본다. 이와 비슷하게 조건의 하나로 "내 삶에 가장 큰 영향을 미친 책과 그 이유를 밝히시오"도 분명히 존재한다

대학 학부를 졸업하고 응시하는 전문대학원 원서나 일반대학원 원서에도 이런 조항이 자주 등장한다. 이런 경우에는 글자 수가 500자 전후 정도로 제한되어 있다. 여기에 적는 서평은 엄밀히 말해 책에 대한 평가라기보다는 책의 구절이나 내용과 엮어 자신의 가치관이나 세계관을 표현하는 것이다. 그러므로 감동받았거나 사랑하는 책을 고르는 것이 아니라 나를 소개하고 알리는 데 적합한 책을 고르는 것이 먼저다.

자소서용 서평에서는 책 선택이 곧 메시지 자체가 된다. 어느 책을 선택하느냐, 책의 어느 포인트를 끄집어내느냐, 이 2가지 '선택'이 매우 중요하다. 나의 삶이나 지향을 드러내야 하니까 재미 위주의 책, 수준이 낮은 입문서나 개설서, 혹은 실용서를 고르는 것은 현명하지 않다.

자소서용 서평은 일종의 전략이 개입해야 하는 영역이다. 책이 중심이 아니라 나에 대한 어필이 먼저인데, 예를 들자면 이렇게 쓰는 것이다. 내가 도스토예프스키의《죄와 벌》을 골랐다면 자신의 윤리성과 도덕 감각, 벌과 죄의식에 대한 인식을 함께 엮어 쓸 수 있다. 지그문트 바우만의《고독을 잃어버린 시간》을 골라 쓴다면 현대인이 인간적인 존재로서의 자기 가치를 회복하는 일에 관심을 가지고 있다든가 인간성을 중시하는 자신의 바람을 쓸 수도 있다. 수전 손택의《타인의 고통》을 선택했다면 언론 보도에 대한 자신의 주체적 입장이나 타인과의 관계에 대한 섬세한 접근을 해왔다고 어필할 수 있다.

여기서 주의사항 한 가지. 전략적으로 책을 고를 때 너무나 유명한 책이나 너무나 뻔한 책은 피하도록 하자. 남들이 다 쓰는 전략은 이미 전략이 아니다. 그래서 나는 베스트셀러는 피하도록 권유한다.

대학 입학을 위해 자소서를 쓰는 입장이라고 치자. 만약 내가 응시하는 대학이 사범대학이라면 어떤 책들을 읽고 가야 할까. 사범대학에 응시하는 학생들은 단골로《죽은 시인의 사회》,《교사와 학생 사이》,《아프니까 청춘이다》를 들고 온다. 하임 기너트의《교사와 학생 사이》는 스테디셀러이고 분명 좋은 책이다.《죽은 시인의 사회》는 어떤가. 영화로도 소설로도 히트를 쳤고 실제로도 굉장히 감동적인 작품이다. 그렇지만 수시 면접에 오는 20명의 학생 중에서 19명이《죽은 시인의 사회》를 읽고 사범대학에 시원하게 되었다고 답변한다면? 세 권의 책을 쓰라고 했는데 그중에서《교사와 학생 사이》와《아프니까 청춘이다》가 70%의 비율로 겹친다면? 모두가 선택한 책을 나도 선택한다면 식상해지거나, 같은 책을 선택한 다른 사람보다 월등히 잘 써야 한다는 부담감이 생긴다. 그러므로 남들이 모두 생각하는 그런 바이블 리스트에서 벗어나기를 추천한다. 안전한 책만 찾지 말라. 세상에는 좋은 책이 생각보다 훨씬 많다.

2 신간평

신간평은 계간지, 일간지, 기타 잡지 등의 신간 소개란에 적혀 있는 것이다. 신간평의 경우 대개는 구매자의 편의를 도모하고 구체적인 정보를 알리는 것이 목적이므로 가격, 출판사, 저자 등 실질적 서지가 명확하게 표기되어 있다.

신간평을 제공하는 주체는 2곳이다. 하나는 신문사. 신문사의 문화부 기자들은 대한민국의 신간들은 거의 다 받아본다고 해도 과언이 아니다. 출판사에서 책이 나오면 기자들에게 보내는 수량이 따로 잡힌다. 저자가 보내지 않아도 출판사에서 각 주요 일간지나 지방지로 책을 발송한다. 기자들은 쏟아지는 신간 중에서 소개할 만한 책의 리스트를 정리해서 〈○○일보가 주목하는 이 주의 신간〉 등의 이름으로 업데이트하게 된다.

신간평의 또 다른 주체는 출판사다. 출판사에서 직접 생산하는 신간평은 다시 2가지 종류로 나뉜다. 하나는 새로운 신간들을 여러 권 모아서 광고처럼 싣는 것이다. 이를테면 출판사 창비에서는 1년에 4번, 계절마다 〈창작과 비평〉이라는 잡지를 내는데 이 잡지에는 그 분기에 새로 출간된 창비의 신간들이 간략한 소개, 가격, 저자 정보와 함께 리스트로 수록된다. 홍보물이라고도 볼 수 있는데 이렇게 짧은 소개평은 대개 잡지사 직원이 담당한다.

출판사에서 생산하는 신간평 중에는 아주 길고 전문적인 〈서평〉도 있다. 대부분의 잡지 뒷부분에는 〈서평〉 코너가 수록되어 있다. 코너로서의 〈서평〉은 편집회의에서 대상 도서를 선정하고, 그 도서를 잘 아는 전문가에게 정식으로 원고 청탁서를 보내고, 원고를 납품 받아서 수록하는 것이다. 이런 전문가 〈서평〉은 한 잡지당 2~4편 정도가 수록되는데 이 중에는 해당 잡지를 발행하는 출판사에서 출간된 신간이 꼭 1~2개는 들어가 있다. 자매품을 소개하고 홍보하겠다는 의도이다. 그리고 나머지는 주목할 만한 신간 중에서 엄선하여 전문가의 깊이 있는 독해를 요청한다. 이런 서평은 잡지의 뒤에 실리지만 해당 잡지의 블로그나 사이트에 올라오기도 한다. 이 전문적인 〈서평〉은 단형 서평의 친구들이 아니다. 이 서평은 서평러가 생산하는 가장 고급 버전, 가장 긴 버전에 해당한다. 그러므로 지금 간략히 소개는 했지만, 알고 싶지 않은 분은 잊으시라.

3 공부하는 개인의 기록 서평

다음으로 공부를 위한 개인적인 서평이 있다. 찾아보면 본인의 서평 목록을 만들어가는 학구적인 사람들이 꽤 있다. 독서 목록을 만들어나가면서 자신이 읽은 책의 평가를 나름 적어가는 건데, 이런 경우에는 대개 학문에 대한 열망이 크다. 이런 개인적 서평, 자기 독서의 기록을 블로그에 지속적으로 올리면 '블로거 서평러'가 되는 것이다. 블로그 서평에 대해 궁금하신 분들은 다음 장 '중형 서평 - 블로그 서평 쓰기의 세계'로 이동하시길.

또는 학위논문 작성을 앞두고 있는 학생들도 공부에 필요한 책을 요약하고 평가하는 목록을 만들기도 한다. 자신만을 위해 정리하는 글이므로 길이나 형식은 중요하지 않으나 핵심적인 요약, 자신만의 해석은 중요하게 포함된다. 이때의 서평은 형식에 상관없고, 주관적이거나 학문적 의도의 평가가 강하게 들어가는 등 지극히 개인적인 취향에 맞춰 작성된다.

단시 학술석인 선행연구를 정리할 목적으로 간략 서평을 축적하는 경우라면 '경향'에 대한 판단을 꼭 서술하는 편이 좋고, 나중에 인용할 근거를 축적하는 경우라면 전체적인 평가보다는 내게 쓸모 있었던 면수를 적어두거나 구절 자체를 인용해놓는 편이 현명하다.

TIP

비평에서는 대상 작품명을 반드시 언급해야 하는데, 작품의 제목은 고유명사이므로 특별한 표시를 사용해서 구분해줘야 한다.

서평에서 책 제목을 언급할 때에는 대개 『 』라든지, 《 》등의 기호를 활용한다. 영화 제목은 「 」, 〈 〉 등의 기호를 붙이는 경우가 많다. 그리고 하나의 소설책 안에 들어 있는 단편 소설의 제목이라든가, 하나의 책 안에 들어 있는 (표지에 적혀 있는 제목이 아닌) 소제목을 써야 할 때에도 역시 「 」, 〈 〉 내지는 ' ' 등을 사용해서 표기한다.

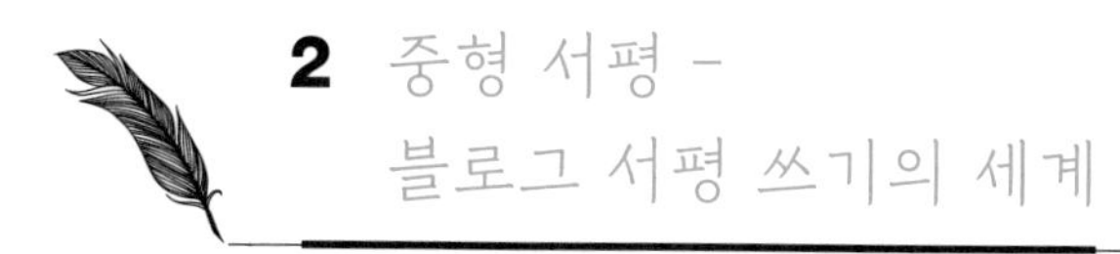

2 중형 서평 – 블로그 서평 쓰기의 세계

소통의 블로그, 소통을 위한 서평

채널과 작품이 너무 많으니까 영화 선택은 점점 더 에너지를 쏟아야 하는 일이 되고 있다. 이 영화를 볼까 말까 고민할 때 우리는 가장 먼저 무엇을 할까? 대개는 남들이 남긴 영화평을 참조한다. '꿀잼, 시간 순삭, 노잼' 이렇게 간단하고 주관적인 평에도 우리는 갈대처럼 흔들린다. 주체적이지 못하다는 생각도 들지만 '남들 평가 검색하기'는 분명 일상의 일부가 되었다.

내 시간은 소중하고 가진 돈은 유한하므로 오늘도 우리는 수많은 '평'들 사이를 헤맨다. 예를 들어 모든 평가가 입을 모아 '이 영화는 세기의 망작'이라고 말한다면 보고 싶었던 마음이 싹 가신다. 이와는 반대로, 생각지도 않았는데 모든 평가가 '이 영화 강추'라고 외친다면 내 이성과 무관하게 손가락이 VOD 유료 결제를 눌러버릴 가능성이 커진다. 요즘 세상에는 콘텐츠가 워낙에 많기 때문에 그것을 선별, 정리, 감상, 감독하기 위해서는 남들의 평가를 참조할 수밖에 없다. 누가 다수는 우민이라고 비웃었는가. 경험적으로 보았을 때, 문화콘텐츠를 즐기는 대중들은 깜짝 놀랄 정도로 똑똑하다.

특히나 해석의 여지가 큰 작품들, 거장의 작품들, 상을 받았다거나 핫한 이슈 몰이를 한 작품들, 너무 긴 시리즈의 일부, 누적 감상자 수가 많은 작품들, 나아가 정말이지 머리가 띵 울리도록 난해한 작품들의 경우는 검색이 필연이고 필수다.

어떤 '평'을 검색한다는 건 이미 지식 축적이나 지식 찾기를 넘어서 있다. 그것은 일종의 소통 방식이며 교감의 일부이다. "나는 이렇게 생각하는데, 너는 어떻게 생각해?" "나는 어떻게 볼지 고민인데, 너는 어떻게 파악하고 있어?" 오늘날, 콘텐츠에 관한 타인의 '평'을 검색한다는 것은 이런 소통의 의미를 지닌다.

나와는 다른 지식수준, 입장, 배경, 상황, 견해를 지닌 타인은 같은 콘텐츠에 대해서 어떻게 생각하는가. 하나의 콘텐츠에 달려 있는 서로 다른 정리/정의의 다양성. 이것이 바로 우리 서평러들이 생각하는 '평'의 최대 의의다. '사고의 교감'이야말로 '평'의 검색과 독해, 나아가 '평'의 생산에까지 깔려 있는 대전제인 것이다.

그래서 이 장에서는 서평 중에서도 가장 대중적인 소통, 즉 블로그 서평에 관해 다루려고 한다. 인터넷으로 이루어지는 '평'들의 소통은 블로그를 타고 이루어지는 경우가 많다. 블로그는 주인장이 자기 이름(실명까지는 아니더라도)이나 대문을 걸고 이루어지는 지속적 활동에 해당한다. 검색 좀 해보신 분들은 저마다 즐겨찾기를 걸어놓았던 '최애 블로그'가 있었을 법도 하다. 눈알이 빠질 정도로 검색을 하다 보면 '와~' 감탄이 절로 나오는 블로그 페이지를 찾는 경우가 있다. 그 페이지를 찾은 것만으로도 '앗싸, 득템'의 느낌이 들고 천군만마를 얻은 것 같다.

그런데 요즘은 남들 글을 찾아 읽는 데에 만족하지 못하는 사람들이 점점 늘어나고 있다. 남의 좋은 서평을 읽어버렸을 때의 감동을, 나도 남들에게 선사하고 싶다고나 할까. 1인 유튜버 시대를 넘어 1인 브랜드 시대로 나아가는 이 마당에 나만의 서평 서재를 완성하고 싶은 건 자연스럽고 바람직한 욕망의 발로다. 책을 좋아하고 지속적으로 읽고 있다면, 기왕에 읽은 책들의 역사를 자기 서평 블로그로 구축하고 싶은 것이다. '서평을 좀 배우고 싶다'고 말하는 사람의 최대 비중이 바로 이 '서평 블로거'에 해당한다. 그들 중에 100자평을 잘 써보고 싶다든가, 자소서에 책을 좀 믹스하고 싶나는 사람은 거의 없다. 대개의 사람은 자기만의 인터넷 페이지에 서평의 기록을 좀 남기고 싶은데 어떻게 시작하면 좋겠냐고 묻는다.

붓으로 쓰든, 타자기를 두드리든 우리에게는 나의 목소리를 기록하고 싶은 공통된 욕망이 있다. 나의 흔적을 문자로 표현하고 싶은 욕망은 바람직하며 보편적이다. 이미지의 시대가 도래했지만 문자는 아직 죽지 않았다. 오죽하면 나 한 사람만을 위한 자서전 쓰기, 내 어머니 한 사람만을 위한 위인전 쓰기도 유행할까. 블로그 서평도 나를 위한 나의 기록에 해당한다. 단순히 지적 수준이 높은 사람이 지식을 전파하기 위해서 쓰는 것이 아니다.

내 인생의 한 오후를 함께했던 책을 통해 내 과거를 남기기. 내 목소리를 통해 남과 소통하기. 그러면서 삶의 걸음걸음을 남기기. 비유컨대 서평 페이지들은 〈헨젤과 그레텔〉에 나오는 하얀 조약돌들 - 집으로부터 숲까지 가는 중간중간 길을 잊지 말자고 남겼던 - 에 해당한다. 블로그 서평은 독서 여행기이고 나만이 구축할 수 있는 책들의 실록이다. 이 행위는 여행만큼이나 매력적이다.

이 매력에 빠진 분들 중에서도 특히 시작이 아슴아슴한 분들에게 이 장을 바친다. 서평을 가지고 저글링 좀 한다, 싶은 분들은 읽지 않으셔도 된다. 그러나 수줍게, 내 서평 블로그를 좀 더 멋들어지게 꾸며볼까? 남들을 좀 초대해볼까 싶은 블로그 초심

자들께는 다음의 이야기가 도움이 되실 것이다.

블로그 서평의 목적

모든 행위에는 목적이 있어야 의미가 생긴다. 우리는 왜 블로그 서평을 쓰려고 하는가. 자문하고 생각하자. 내 목적에 따라 블로그 서평의 색깔도 다양하게 달라질 수 있다.

① **그냥 좋아서** - 나의 흥미와 감동을 적어둔 감상 공간
② **개인적 독서 기록의 누적** - 추후 망각하지 않기 위한 독서록의 공간
③ **남들과의 공유** - 내가 좋았던 책을 소개하고 방문자와 소통하는 공간
④ **보다 분석적인 의견 피력** - 서평의 얼개를 갖추고 분석과 판단까지
⑤ **'프로 정신'의 필력 발휘** - 내가 잘 아는 분야를 남들에게 쉽게 보급하기

크게 블로그 서평의 목적은 이렇게 나눠 볼 수 있다. 이 중에서 ①, ②의 목적이라면 굳이 서평 쓰기를 배울 건 없다. 그냥 혼자 쓰고 혼자 보면 된다. 그런데 ③, ④, ⑤의 목적을 조금이라도 지니고 있다면 배우는 것이 좋다. 그래야 타인/독자를 잘 배려

할 수 있다. 그러니까 ❸, ❹, ❺에 속한 서평러는 눈을 크게 뜨고 이 장을 읽어보자. 서평의 전체 얼개와 구성 항목을 알면 쓰는 시간도 절약하고 페이지도 예쁘게 뽑을 수 있다.

블로그 서평은 여타 서평과 다르다. 이것은 온라인의 글이다. 프린트해서 정독하는 글도 아니고, 밑줄 그어 가며 한 줄 한 줄 읽어내는 글이 아니다. 따라서 블로그 서평에는 '가독성(남에게 잘 읽힐 수 있느냐의 정도)'이 매우 중요하다. 너무 길면 안 읽힌다. 너무 어려워도 안 읽힌다. 블로그 서평은 - 나 혼자 쓰고, 보고, 즐기는 비공개 설정이 아니라면 - 다양한 독자가 읽을 것이라는 전제하에 쉽고, 재미있고, 합리적으로 써야 한다.

블로그 서평의 기본 조건

❶ 너무 길면 안 읽힌다.

- 스크롤 압박은 금물!
- 문장도 너무 길지 않게 쓰자. 문장이 길면 머리(주어)와 꼬리(술어)가 서로를 잃어버린다.
- 내용도 너무 많이 담지 말자. 내용이 길면 목적을 상실한다.

❷ 너무 어려워도 안 읽힌다.

- 현학적 용어 남발 금물!

- 잘난 척의 욕망은 자기 집에서 혼자서만.

③ **핵심적 한 방이 있어야 한다.**

- 인터넷 유저들의 인내심을 바라지 마라.
- 맨 끝으로 스크롤이 내려가기 전에 강조 포인트를 짠 하고 등장시킬 것. 가장 좋은 한 방은 위에서 20~30% 정도 내려왔을 때, 즉 줄거리 및 서지를 소개하고 난 후가 적절하다.

블로그 서평의 핵심 조건은 이 3가지 정도로 정리해두자. 위 조건들은 기본 주의사항에 해당한다. 기본을 아는 것은 시작이다. 구체적인 요소들은 이 다음 페이지에 적혀 있다.

우리는 지금까지 손목만 풀었다. 이제 달릴 차례. 자, 블로그 서평의 구체적 순서로 가보자.

블로그 서평 쓰기 - 단계별 작전

• 1단계 - 제목 달기

게시물 제목을 적을 때의 공식은 아래와 같다.

누구(지자)의《무슨 책(책 제목)》- 키워드 1~2개로 조합된 부제

이런 식으로 쓴다. 어렵지 않다. 생각해보면 당연한 형식이다.

서평을 찾아보려는 사람은 검색창에 뭘 넣나? 보통 책 제목, 책 저자, 책의 핵심 키워드로 검색한다. 보이지 않는(혹은 보이는) #해시태그가 블로그 서평계에도 존재한다. #해시태그에 해당하는 것들이 바로 '책 제목', '저자', '키워드'이다. 이 3가지는 블로그 서평 제목의 3대 요소이다.

자, 정리해보자. 블로그 서평 제목에는 저자와 책 이름이 들어간다. 그렇지만 알아두자. 원래 서지사항은 저자, 책 제목만으로는 불충분하다. 저자, 책 제목(번역 제목, 원제목), 번역자, 출판사, 출간 연도 등등이 다 서지사항이다. 이것을 밝히고 확정하는 것이 모든 서평의 가장 기본 스텝이다. 블로그든 블로그가 아니든 마찬가지다. 이것은 두 번 세 번 강조되어야 할 기본이다.

단, 제목이니까 저 서지사항을 다 쓸 자리가 없다. 그래서 제일 중요한 것 2개, 3개만 쓰는 것이다. 그렇다면 서지사항에서 가장 중요한 것은 뭘까? 영화를 생각하면 답이 쉽다. 영화 좀 보는 사람은 영화를 감독별로 분류해서 찾아본다. 가장 중요한 것은 감독, 즉 저자라는 것이다. 책에서도 제목보다 중요한 것이 저자다. 제목은 번역에 따라 바뀌기도 하고, 개정하면서 달라지기도 한다. 그런데 저자는 변함없다. 서지사항에서 저자가 제일 중요하다.

다음으로 중요한 서지는 책 제목이다. 그 다음이 책이 출간된 연도이다. 이 3가지 중에서 본인이 2개를 쓰고 싶다면 저자와 책 제목을 쓰면 된다. 여유가 있다면 출간 연도까지 쓰면 된다.

그럼, 서평 제목에 왜 서지를 칼같이 밝혀야 하나? 나는 오프라인 강의에서도 늘 서지에 집착해야 한다고 강조해왔다. 실전에서는 많은 이들이 서지를 대충 다루고 만다. 그러나 서지야말로 매우 중요한 부분이며 간과할 수 없는 기본이다. 뭐든 출발이 명확해야 한다. 즉, 쓰는 사람이나 읽는 사람이나 책의 기본 스펙은 확실히 체크해야 한다. 다 읽고 나서 내가 찾던 그 책이 아니라는 것을 깨닫거나 다 쓰고 나서 그 저자가 아니었다는 것을 깨달으면 한숨이 절로 난다. 그래서 게시물 제목에는 저자와 책 제목을 넣어준다. 그리고 서평글 상단에는 전체 서지를 모두 다시 달아준다. 이것이 서평계의 기본 예절이다.

이렇게 제목의 요소들을 알았다 치고, 이제 직접 써보자. 보통 학술적 서평에서는 서평러가 쓴 제목부터 먼저 단다. 책 서지는 그 다음 줄에 부제 형식으로 달아준다. 아래 〈학술적 서평 제목의 예시〉를 보면 금방 이해가 될 것이다.

학술 서평식 제목을 블로그 제목에서도 사용할 수도 있다. 그런데 블로그에서는 이 모양새에서 윗줄과 아랫줄을 바꿔줘도 좋다. 검색에 잘 걸리게 하기 위해서이다. 그리고 블로그용 제목에서는 '○○○을 읽고'라는 말을 빼는 편이 좋다. "간결하게, 눈에 잘 들어오게"가 블로그 서평의 덕목이기 때문이다. 가능한 예시는 다음과 같다.

학술적 서평 제목의 예시

발칙한 상상력이 보여주는 발랄한 혁명기
– 오쿠다 히데오의 《남쪽으로 튀어!》(2006)를 읽고

블로그 서평 제목의 예시

오쿠다 히데오의 《남쪽으로 튀어!》 – 발칙한 상상력의 발랄한 혁명기

'꼭 이렇게 써!'라는 법이 블로그 서평 제목에는 없다. 그렇지만 검색이 가능하기 위해서는 책 제목, 저자, 키워드가 블로그 서평 제목에 있어야 한다. '반드시' 있어야 한다. 게다가 그것이 합리적이다. 본인이 남의 서평을 검색했을 때를 생각해보라. 검색 결과가 좌르륵 나왔을 때, 우리는 제목에 책 저자와 제목, 키워드가 분명한 게시물을 클릭했다. 서평은 어렵지 않다. 독자를 배려한 글쓰기. 내가 정리하고 남과 소통하는 과정. 이게 바로

서평의 기본이다.

블로그 서평 제목의 다른 예시들

❶ 책 제목과 저자, 출간 연도만 있는 경우

《서른 살이 심리학에게 묻다》(김혜남, 2008)

김혜남의 《서른 살이 심리학에게 묻다》(2008)

《걷기의 인문학》(리베카 솔닛, 김정아 옮김, 2017)

리베카 솔닛의 《걷기의 인문학》(김정아 역, 2017)

❷ 책 제목과 저자를 밝히고 키워드도 함께 적는 경우

김혜남의 《서른 살이 심리학에게 묻다》 - 일상 밀착의 심리적 에세이

김혜남의 일상 밀착 심리학 - 《서른 살이 심리학에게 묻다》(2008)

정혜신의 《당신이 옳다》(2019) - 너무 힘들 때 기도가 되어줄 책

정혜신의 '적정심리학'에 관한 책 - 《당신이 옳다》(2019)

리베카 솔닛의 《걷기의 인문학》 - 나를 찾는 일상의 혁명

리베카 솔닛의 걷기와 혁명 - 《걷기의 인문학》(2017)

키워드 뽑기가 어렵다면 간단 제목도 좋다. 간단 제목은 앞 예시의 ❶을 보고 단어만 스위치 하면 된다. 단, 책 제목 하나만 덜렁 적어놓지는 말자. 성의 없어 보인다. 게다가 책 제목보다 중요한 것은 저자다. 가급적 출간 연도도 적어주자. 제목이 길어지는 게 싫다면 출간 연도까지는 제목에서 뺄 수 있다. 그렇지만 제목과 저자 이름만은 꼭 넣어주자.

여력이 있다면 게시물 제목에도 키워드를 넣어주자. '키워드 제목'이야말로 진정한 나의 제목이라고 할 수 있다. '키워드 제목'을 서지 앞에 넣어도 되고 뒤에 넣어도 된다. 앞 ❷에 3가지 책을 가지고 제목을 만들어보았다. 같은 책도 제목 모양은 저렇게 달라지기도 한다. 어느 형식이든 보고 눈에 잘 들어오는 것을 선택해서 쓰자.

사실, 좋은 서평 블로그라면 제목을 ❶보다는 ❷의 경향으로 써줘야 한다. 이렇게 써주면 좋은 점이 많다. 우선 제목 자리에 많은 정보가 담겨서 검색 범위가 넓어진다. 그리고 해석의 방향을 미리 보여주고 있기 때문에 읽는 이를 충분히 배려한 듯한 느낌이 든다. 검색하는 타인은 이런 제목을 보고 클릭할지 말지, 빠르게 정할 수 있다.

그리고 한번 결정한 제목 형식은 이후로도 맞춰주는 것이 좋다. 서평 블로거는 한 게시물만 올리지 않는다. 내가 올리는 서평은 누적되어 게시물 리스트가 된다. 전체 리스트를 '전체보기' 했을 때 형식에 일관성이 있는 것이 맞다.

• 2단계 – 게시물 상단에 전체 서지 다 밝히기

서지를 두드리면 항상 뭔가가 나온다!
특히 '책 제목'은 늘 상징적이다. 두드려라.

자, 서지가 중요하다는 것은 이제 아셨을 것이다. 그런데 나는 서지 제시를 다시 한번 강조하고 가야겠다. 제목에는 서지가 등장해야 한다. 그런데 서지가 제목에만 등장하는 것은 아니다.

서지사항은 해당 게시물을 클릭해서 들어갔을 때 눈에 들어오는 페이지 최상단에도 역시 있어야 한다. 게시물 제목과 중복되게, 그러나 더 자세한 서지가 등장하는 것이 필수다. 제목에 넣지 못했던 것 – 출판사 정보, 전체 페이지 양(이 볼륨감도 굉장히 중요한 서평 요소다), 심지어 가격 정보까지도 넣는다. 번역본이라면 'copyright ©'라고 되어 있는 부분을 꼭 찾아 옮긴다. 거기에서 봐야 하는 것은 저자의 원어 이름, 번역본 책의 원제목, 원본의 출간 연도다.

서지 예시

- 지은이 : 유발 하라리(Yuval Noah Harari)
- 제목 : 사피엔스(Sapiens)
- 번역 : 조현욱
- 감수 : 이대수
- 출판사 : 김영사
- 출간 연도 : 2015. 11.
- 원문 출간 연도 : 2011.
- 페이지 : 총 636면

게시물 상단에 기대되는 서지 정보는 이런 내용이다. 이렇게 디테일한 정보를 보여주고 대상 콘텐츠를 확정하는 이유는 서평이 책을 주재료로 하는 글이기 때문이다. 책 이해의 기본은 서지에서 출발한다. 책에 대한 분석 역시 책의 서지에서 출발한다. 예를 들어 원제가 왜 이렇고, 왜 한국에서는 그것을 변형하여 번역했을까. 저자는 왜 제목을 이렇게 잡은 것일까. 우리는 서지를 놓고 이런 질문을 해야 한다. 서지에 대한 질문과 대답은 서평에 들어가기 딱 좋다.

생각해보라. 이 세상에 동명이인이 얼마나 많은가. 책 세상에서도 마찬가지이다. 이 세상에 같은 제목의 다른 책은 상당히 많고, 알려지지 않았지만 집요하게 찾아보면 '상당히'보다 훨씬 더 많을 수도 있다. 그런데 책을 명확히 확정하지 않고 평가하겠다? 이것은 기본이 안 되어 있는 일이다. 책의 본질을 파악하기 위해서는 책의 기본적인 서지를 명확히 알아야 한다. 이를테면 내가 붙들고 있는 이 책이 초판본인지, 개정증보판인지, 수정판인지는 매우 중요하다. 어떤 시인들은 개작을 통해 거의 새로운 시를 쓰기도 하는데 이론서, 소설 등에서도 비슷한 일이 일어난다. 어떤 저자들은 수정판을 통해 자기 논리를 일부 수정하거나 새로운 논의를 보강할 수도 있다. 서평을 쓰는 사람은 책의 최초 발생 시점 역시 신경 써서 밝혀줘야 한다.

'작게' 적힌 것을 '크게' 보라.
책 어딘가 아주 작게, 책의 카피라이트copyright가 적혀 있다.
그것을 찾아 주목하라.

이 책이 물리적으로는 엊그제 종이책으로 인쇄되었지만 실제로는 100년 전에 저술된 책일 수 있다. 심지어 기원전의 책일 수도 있다. 내가 가지고 있는 책의 매끈한 외형이 콘텐츠의 실제 생산 일시를 말해주는 것은 아니라는 점을 명심해야 한다. 프로이트의 가장 유명한 책 《꿈의 해석》은 1900년도에 초판 발간되었다. 그 책은 사실 고목처럼 나이를 먹은 책이다. 그렇지만 요즘 출간된 새 장정을 손에 쥐고 있으면 가끔 그 사실을 잊게 된다. 동시대에 찍혀 나오는 책들이 모두 동시대의 형제들인 것은 아니다. 상식적으로 쉽게 생각하자. 2020년도의 독자가 copyright ⓒ에 1900이라는 숫자가 적혀 있는 번역본을 읽을 때와 copyright ⓒ에 2019라는 숫자가 있는 번역본을 읽을 때는 기대치라든가 전제가 좀 달라져야 하지 않을까. 1900년도에 태어난 책에는, 오늘의 관점과 1900년대의 상황적 고려가 함께 이루어져야 한다는 말이다. 그러니까 책의 태어난 시점, 그것을 포함한 서지 등은 그저 단순한 정보만은 아니다.

영화 검색을 하러 네이버 영화 정보에 들어갔을 때 영화 제목만 덜렁 있는 상황은 없다. 모든 영화 소개에도 감독, 제작 연도, 배급 연도, 제작사, 배급사, 원제목, 주연 배우, 촬영 감독이나 음향 감독 등이 따라 다닌다. 서평도 마찬가지다. 이런 기본적인 정보 체크는 자연스럽게 전제되어야 한다.

책 서지사항을 이렇게 붙들고 늘어지는 것은 독자를 위한 것만은 아니다. 기본이지만, 기본이어서만도 아니다. 책 서지를 체크하고 들여다보는 이유는 그것이 우리 서평러에게 이롭기 때문이다.

책 서지사항을 물고 늘어지면 뭔가 항상 '쓸 거리'가 나온다.

제목은 언제고 '상징적'이다. 그 짧은 제목을 짓기 위해서 저자는 가장 오래 고민했고, 편집자는 수십 번 썼다 지웠다. 출판사에서 편집장의 최대 덕목 중 하나는 제목을 잘 뽑는 것이다. 책 출간에서 제목 정하기는 가장 마지막에 이루어진다. 가장 최후까지 고민하는 것이 바로 제목이라는 것이다. 책이 잘 팔리고 안 팔리고는 마케팅 몫이지만 제목도 크게 한몫한다. 왜 그러겠는가. 제목이 중요하니까 그렇다. 쓰는 저자 입장, 에디터 입장, 출판사 입장, 독자 입장에서도 제목이 매우 중요하다. 그러니까 제목은 책의 핵심으로 들어가는 비상문과 같다. 이 문을 두드리지 않는 것은 어리석은 일이다.

- 책 제목을 왜 이렇게 지었지? 그 의도가 뭐지?
- 원제목을 한국에서는 왜 이렇게 번역했지? 그 의도는 뭐지?
- 이 제목의 단어들은 뭘 상징하는 거지?
- 여기서 제일 중요한 단어는 뭐지?
- 이 단어나 전체 제목은 뭘 이야기하려는 거지?

제목을 보면 꼭 꼬리를 붙잡으시라. 위와 같은 질문을 자문하고 상상하라. 그리고 그 정답을 책 속에서 찾아라. 이 질문들은 책을 읽으면서 우리가 해결해야 할 1차 질문들이며 우리의 훌륭한 가이드이다. 그리고 그 질문과 내 대답을 서평의 본문에 녹여 써라. 단, 내가 처음에는 몰랐는데 어쩌다 알게 되었다는 둥, 자기가 의문을 갖고 헤매고 찾은 모든 과정을 사소설처럼 털어놓지 말아야 한다. 그것이 궁금한 사람은 없다. 다른 사람이 자기처럼 헤매지 않도록 그 결과를 알려주는 데 주력해야 한다.

자, 우리는 서지를 들여다보면서 서평의 제목을 얻었다. 내용도 얻었다. 그러니 여기에 오래 머물러야 한다. 서지를 정리해서 적어주면서 그 안에서 쓸거리를 찾자. 서지는 서평의 필수 요소임이 틀림없다.

• 3단계 – 줄거리 소개 / 내용 요약은 앞부분에 배치한다

요약의 핵심은 선택과 집중!
자잘한 것은 과감히 털어버린다.
'모든 것'을 다 쓰면 '아무것'도 못 쓴다.

서지사항이 서평의 기본 요소라면, 그 다음 필수 요소는 '줄거리 요약'이다. 블로그 서평에서 〈전체 서지 공개 밑에 바로 줄거리〉라고 공식을 외우자.

(반전이 공개되면 곤란한 스릴러 장르나 추리 장르라면 사정은 좀 달

라질 수 있겠지만) 전반적인 배경, 줄거리, 방향, 내용을 훑는 것은 필요한 일이다. 필요하지만 모든 것을 다 쓰지는 말자. 디테일한 모든 것을 옮겨야 한다는, 모든 내용을 설명해야 한다는 압박에서 해방될 필요가 있다. 너무 자세히 설명하다가는 어느 것도 중요해 보이지 않는다. 즉, 서평에서 줄거리 요약은 필요하다. 그리고 줄거리 요약에는 선택과 집중이 있어야 한다.

중요한 건 분야별 도서에 따라 줄거리 요약법이 다르다는 거다. 우리는 서평러, 배우는 자요 입문한 자다. 그러니까 다르게 알고 다르게 써보자.

• 소설책의 경우 - 요약은 해피하다. 장황설만 피하자.

대상 책이 소설이라면 이 이야기의 시간적, 공간적 배경은 필수다. 그리고 주요 캐릭터 중심으로, 사건의 도입과 전개까지 요약해서 제시하자. 마지막에 주인공이 죽었네, 살았네까지 다 쓰고 싶다면 써도 된다. 그것은 자기 선택에 맡기자. 보통 영화라면 스포 경고를 하고 나서 끝까지 다 밝혀준다. 소설에서도 이런 센스는 필요하다. 소설을 읽게 하는 원동력은 '궁금증'이다. 이 궁금증을 내가 해소해줄 것인지, 남겨줄 것인지는 서평의 목적이나 의도에 따라 달라질 수 있다. 자잘한 정보는 과감히 삭제하고 굵직한 사건을 중심으로 요약한다. 소설 줄거리 요약은 생각보다 쉽다. 회상이거나 액자 구성이거나 과거 역순행이어도 상관 없다. 줄거리는 순차적으로 생각하자. 간단하다. '시간 순서대로 주인공이 뭘 어쨌는가.' 이것을 쓰면 된다.

• 이론서, 학술서의 경우 – 요약에 좌절 금지. 대체법이 있다.

학술서라면 줄거리 요약이 쉽지 않다. 사실 학술서라면 전체를 읽고 이해하는 것 자체가 힘들다. 그래도 먼저 겁먹지 않는다.

우선, 학술서 줄거리 요약이 힘들면 목차 사진의 도움을 받는다. 목차를 찍어 사진을 올리면 더블로 좋다. 쓰는 입장에서는 의지가 되고 읽는 입장에서는 이해가 된다. 소설에서 목차는 엄청 도움 되는 요소는 아니다. 목차를 봐도 줄거리를 예상할 수 없는 경우가 많다(있긴 있다). 그렇지만 학술서라면 다르다. 목차에 내용이 보인다. 학술서에는 일종의 논문 같은 룰이 있기 마련이다. 모든 학술서에는 서론과 결론이 반드시 있다. 서론을 중심으로 의도를 설명하고 결론을 중심으로 최종 목적을 소개하자. 그리고 본론은 간략히. 이것이 학술서 요약의 팁이다. 분량상 본론이 제일 긴데 제일 길다고 나도 제일 많이 요약해야 하는 것은 아니다. 오히려 제일 긴 본론은 요약에서 훅 짧게 처리한다.

목차를 보면서 순차적으로 내용을 훑되 어느 장은 편애하고 어느 장은 소홀히 한다. 그게 선택과 집중을 잘했다는 증거다.

스토리가 따로 없는 것 같지만 모든 학술서에는 스토리가 있다. 심지어 학술서 안에서 드라마를 읽어내는 사람도 있다(이건 상당히 고급 버전). 다 필요 없고 나는 모르겠다 싶은 경우에는 3가지만 기억하자. ① 저술의 의도와 ② 연구의 경향(속해 있는 분야), ③ 주요 용어 설명. 이 3가지로도 책의 얼개를 설명할 수 있다. 학술서에 드라마도 줄거리도 안 보이고 목차를 봐도 뭐가 중심인지 모르겠다는 경우에는 위 ①②③을 소개하면서 이 책의 줄거리를 대신한다.

• 시집의 경우 – 원래 요약이 안 된다. 하지 말자. (반전 있음 주의)

시집은 얇다. 여백은 많고 글자는 적다. 가볍다. 그런데 요약할 때는 시집이 제일 무섭다. 아주 힘들다. 너무 힘들면? 안 한다. 그게 남는 장사다. 이론적으로도 시집 줄거리 요약이라는 게 말이 안 되는 말이다. 그러면 어쩌란 말이냐? 줄거리 요약을 안 해도 시집 서평이 세련되어질 방법이 있다.

(경고 : 시를 좋아하지 않는데 단지 시집이 짧고 가볍다는 이유로 서평 쓰기 연습 대상으로 선택하시면 안 됩니다. 안 된다는 말은 정확하지 않은 것 같네요. 시집을 쉽게 본다면 당신은 분명 서평을 쓰다가 포기하게 될 겁니다.)

과연 시집 한 권에 작품 몇 개가 실릴까? 보통 60편 전후의 작품이 실린다. 단편 소설 5편만 있어도 공통분모를 찾기가 어려운데 60편의 연속성을 찾으라고? 연속성이라는 게 보이지도 않는다. 내 눈이 막눈이라고 탓하지 말자. 고정된 주인공이 누군지도 모르겠는데 시집에 줄거리가 어디 있는가. 자, 우리는 시집에서 줄거리를 논하면 안 된다. 애는 원래 줄거리가 있는 장르가 아니다. 시집에서 스토리를 찾으면 백반집에서 스테이크 주문하는 꼴이다.

줄거리 대신 뭘 이야기하면 좋을까? 시집에서는 전체 아우트라인을 '세계관'이라는 말로 표현하면 된다. 세계관이라는 말이 어려우면 '주된 분위기'라고 생각하자. 그리고 '어떤 언어'인지 혹은 '어떤 이미지'가 중심인지, 요런 걸 쓰면 된다. 정리하자면 뭐라고? ① 세계관(분위기), ② 언어, ③ 이미지. 딩동댕, 정답이다.

쓰는 방법도 알려드리겠다.

시를 사랑하는 서평 초보자라면, ①②③을 주어로 삼아 쓰시면 된다. 예를 들어 "이 시집의 세계관은 ○○○하다", "이 시집에서 시인이 구사하는 언어들은 ○○○적이다", "이 시집에 동원된 주된 이미지는 ○○○의 이미지들이다". 이걸 모으면 시집의 줄거리가 된다. 처음에는 이렇게 3줄 쓰고, 초보 딱지를 떼면 ①②③ 각각 두세 문장으로 양을 늘려가며 연습한다.

줄거리가 뭐 따로 있나. 전체를 이해하게 하는 게 줄거리다.

그러니까 구성 요소를 중심으로 줄거리를 논하는 거다. 시집의 메인 요소는 시인이 만드는 세계의 속성, 언어, 이미지다. 그러니까 이 요소들을 논하면 시집 버전 줄거리 요약이 된다.

- 에세이의 경우 – 얘도 요약이 '잘' 안 된다. '잘'은 안 되지만 가능하다.

세상에 '대하 장편 에세이'가 어디 있던가. 에세이는 편편이 짧다. 짧은 편들의 묶음은 묶기가 어려운 법이다. 에세이도 짧은 글들의 병렬구조여서 전체 요약이 안 된다. 그래도 다행인 게 에세이에는 동일한 한 사람의 화자가 등장한다. 시집처럼 여성 화자가 등장했다가 남성 화자가 등장했다가, 나무가 말했다가 아이가 말하는 경우는 없다. 에세이의 목소리는 그 실명 저자의 것이다. 목소리로 말하는 일종의 강연이 바로 에세이다. 그 안에 담긴 모든 강연에 일관된 생각도 담겨 있다. 각각 에피소드 같은데 일관된 생각이 있다고? 의심스러운 분도 있을 것이다. 그런데 믿어도 된다. 서로 다른 에피소드를 무작정 모아서는 어느 출판사에서도 한 권의 책으로 만들어주지 않는다.

에세이를 요약하는 가장 좋은 방법은 주된 문단이나 문장을 찾는 것이다. 절대 반지처럼, 모든 에피소드를 지배할 절대 문단이 한 권 에세이집에는 반드시 있다. 힌트를 드리자면, 그 절대 문단은 몇 군데서 반복된다. 서로 다른 모습과 언어와 향기로 모습을 바꿀 뿐, 저자가 강조하는 바는 일관성 있다. 이를테면 김연수의《지지 않는다는 말》(2012)은 에세이집이다. 이 책에는 자신이 어린 시절 부모님이 운영하시던 빵집 이야기, 중국에 갔을 때 건배하던 이야기, 자기 책장 이야기, 노천카페에서 맥주 마시던 이야기 등등이 들어 있다. 하나로 통일이 안 될 것 같지만 은근 된다. '사실 인생은 아름답구나'라는 메시지가 그의 골자다. 이 골자는 이곳저곳에 피어 있다. 그 메시지를 명확히 내 문장으로 만들지 못했어도 그 책의 어느 부분을 꼽을 수는 있을 것이다. 그 부분을 사진 찍어 올리거나, 옮겨 적어주면 좋다.

원래 에세이는 은은한 장르. 돌려 말하고 풀어 말하고 녹여 말하는 장르다. 그러니 그 줄거리 요약 또한 간접적으로 제시되어도 나쁘지 않다.

• 실용서의 경우 – 요약이 따로 없다. 목적이 곧 요약이다.

실용서의 내용 요약은 따로 없다. 이 실용서가 어느 목적을 지니고 있느냐, 어느 부분에서 유용한지를 밝히면 된다. 메시지와 정보가 가장 중요한 책이 실용서다. 줄거리, 서사, 언어, 이미지, 은유 모두 필요 없다. 그러니 실용서야말로 내용 요약에 집중하지 않아도 된다.

부자 되기를 알려주는 실용서인지, 증권 투자를 잘하게 해주는 책인지, 인간관계를 재정비하게 해주는 책인지, 미니멀라이프를 실천하게 해주는 책인지 그 책의 목표를 밝혀주는 것으로 내용 요약을 대신한다. 단, 실용서의 경우 다루는 서평러가 그 책의 핵심 정보, 유용성의 정도는 확실하게 말해줘야 한다. 그것은 서평 중간 부분에 넣으면 되지 내용 요약은 아니다.

자, 위에서 분야별 내용 요약 방법을 살펴보았다. 그럼 블로그 서평에서 내용 소개, 내용 요약은 얼마큼 쓰면 될까. 분량상으로는 1문단, 길게는 2문단까지가 적절하다. 여기서 문단은 MS워드나 한글 프로그램이 아니고 블로그 페이지 분량이다. 그러니까 자신이 글자 크기와 모양을 정할 수 있다. 자신의 설정 페이지 기준으로 전체적으로 1~2문단 안에 끝내고 본격 분석, 핵심 내용으로 넘어가야 한다. 길게 쓰지 말라는 것이다.

아하, 잊지 않으셨겠지! 강조하건대, 서평의 핵심은 소개가 아니라 평가다. 이 평가로 안내하기 위해 줄거리가 필요한 것이다. 그러니 줄거리 소개에서 너무 힘 빼지 않는다.

이 간략한 줄거리 소개에서 모든 것을 다 말할 생각을 버려야 한다. 필요하다면 '이 책은, 심리학자로서의 저자가 ○○○을 소개하고 알리려는 의도에서 생겨났다. 이 책의 주요 내용은 ○○

○와 ○○○적 방법에 대한 것이다.' 정도로 간략 정리해도 좋다.

만약 번역본이라면, 이 전체적 의의와 줄거리를 작성하는 데 가장 유용한 것은 번역자의 글, 혹은 역자 해설에 해당한다. 번역자는 해당 텍스트의 언어를 잘 이해하는 사람일 뿐만 아니라 저자의 내면과 성향, 업적을 가장 잘 이해하고 있는 지인에 해당한다. 그의 해설에는 번역 과정에 대한 설명뿐만 아니라 텍스트와 저자에 대한 설명이 담겨 있다. 게다가 역자의 해설은 대개 번역본 텍스트 그 자체보다 훨씬 짧고 쉬워서 활용하기 좋은 자료가 된다. 그러므로 역자 해설을 인용해가면서 줄거리 요약을 대신하는 것도 좋은 방법이다. 단, 쓸 때 내 말인지 역자의 말인지는 반드시 밝혀주는 것이 기본이다.

• 4단계 - 영리한 인용과 핵심 포착. 여기서 진검 승부다

이제 우리가 진짜 서평러가 되었는지 가늠할 단계가 되었다. 하나, 서지와 작가 소개 단계, 둘, 줄거리 요약 단계가 지나면 셋, 드디어 '분석 단계'가 온다. 두둥, 분석 단계는 소설로 치면 클라이맥스, 인간으로 치면 성숙의 단계에 해당한다. 줄거리 요약은 네 것이나 내 것이나 비슷할 수 있다. 초보 서평러도 서지 소개할 줄 안다. 초보 서평러도 요약할 줄 안다. 게다가 서지며 요약은 분량도 많이 잡아먹지 않는다. 여기까지는 겨우 서막에 불과

했던 것이다.

물론 줄거리 요약을 잘하고 못하고의 차이는 존재한다. 그런데 요약은 조금 못할 수도 있고 조금 잘할 수도 있다. 그게 뭐 서평의 수준을 엎을 정도의 비중은 아니다. 오히려 상당히 많은 경우 '잘된 요약'과 '잘못한 요약'은 단지 요약 스킬에 좌우되기도 한다. 경험을 통해, 훈련을 통해 충분히 업그레이드할 수 있는 영역이라는 말이다.

잠깐! 여기서 한 예비 서평러의 질문을 소개하고 싶다. 한 오프라인 수업에서 있었던 일이다. "소개와 요약은 기본 중의 기본이고 정말 중요한 것은 분석이에요"라고, 나는 예의 그 다정하고 착한 목소리로 강조했었다. 그런데 나중에 한 학생이 남아 쑥스러워하면서 고백했다.

> "쌤, 분석이 중요한 건 알겠는데 저한테는 분석이 아직 문제가 되지 않아요. 왜냐하면… 왜냐하면 저는 지금 요약도 안 되거든요. 책 자체가 전혀 머리에 들어오지 않아요."

이 안타까운 사례의 주인공은 대학교 2학년 학생이었고, 문학 관련 수업을 수강하면서 소설 서평을 써야 하는 상황에 처해 있었다. 그가 배정받은 책은 도스토옙스키의 《악령》이었다. 학생 자신은 정말이지 이 책을 '악' 소리 나게 읽었지만 울고 싶을 뿐이라고 말했다. 사실 책 제목을 들을 때부터 그럴 것 같은 슬픈 예감이 들었다. 본인도 강력하게 슬픈 예감이 들었기 때문에 내 특강을 찾았을 것이다. 그때 그 학생이 결국 과제를 완성할 수 있었는지 아직도 궁금하다. (지금 '그때 그 학생 저예요'라는 생각이 든 당신은 제게 메일을 보내주시기를 부탁합니다.)

이렇게 분명 읽고는 있는데 무엇을 읽고 있는지 모르는 상황이 종종 있다. 분명히 말하건대, 이것은 시간 낭비다. 내 시간이 무의미하게 쓰여도 좋을 리가 없다. 우선, 읽기 그 자체를 STOP! 해야 한다. 그리고 결정해야 한다. 가능한 선택지는 3가지다.

첫째, 서평을 쓰지 말자. 아주 효과적이고 현명한 선택이다. 이해 자체가 안 된다면 그 책이 자신의 레벨에 맞지 않는 것이다. 그런 경우에는 읽기도 쓰기도 득이 되지 않는 행위이다. 그보다는 신속히 다운레벨을 해서 '이해하며' 읽는 것이 백만 번 낫다. 80~100% 이해가 되지 않는 책은 내 책이 아니다. 100% 이해는 있을 수 없다. 그러나 적어도 책의 60%이상은 이해하겠다고 해야 읽을 수 있다.

둘째, 어떻게든 서평을 (단기간에) 쓰자. 이런 경우에는 우선 그 책에 대한 개설서나 소개서, 다른 서평, 2차 저작물 등을 통해 그 책이 무슨 책이고 어떤 의미가 있고 어디가 중요한지 읽고 다시 읽도록 한다. 족집게 과외를 받고 벼락치기 시험을 보는 식이다. 이런 경우가 딱 나의 경우요! 라는 생각이 든다면 빨리 이 책의 다음 장 '3. 장형 서평 – 아카데믹한 학술 서평의 세계'로 가자. 그래도 모르겠다면 역시 책을 바꿔야 한다.

셋째, 어떻게든 서평을 (장기간에) 쓰자. 나는 이런 경우의 학생을 사랑하고 존경한다. '어려워 죽겠네' 싶지만 해당 책을 어떻게든 포기하지 않고 결국 쓰고야 말겠다는 마음! 이것을 우리는 결기라고 부른다. 이런 결기에 가득 찬 경우에는 장기 플랜을 세워야 한다. 이 경우는 대상 작가가 쓴 조금 쉬운 다른 책, 짧은 글을 읽고 소설가의 전기라도 읽어가면서 접근한다. 더 시간이 있고 장기 플랜이 가능하다면 보편적인 러시아 문학에 대한 이해를 갖추고 읽기 능력을 향상시킨 후 독서와 쓰기에 재돌입한다.

책이 전혀 이해가 되지 않는다면 요약을 제대로 할 수가 없고 남의 요약만 베낄 뿐이다. 그런 경우에는 서평 자체를 쓰면 안 된다. 서평을 '쓰기'보다는 서평을 쓰기 위한 '독해력' 향상에 주력하거나 책을 여러 번 읽으면서 이해 정도를 높여야 한다. 책 읽기 능력 향상. 그것은 내 책을 읽는다고 해서, 서평 특강을 듣는다고 해서 해결될 문제는 아니다. 그러므로 여기서는 더 이상 깊이 있게 논의할 수 없다. 이 책만 읽으면 모든 서평에 완전무결해진다고 말할 생각도 자신도 나는 없다. 만병통치라고 홍보하고 다닌다면 이 책의 저자(나)는 거짓말쟁이가 된다. 누군가가 당신에게 이 책만 읽으면 너는 교양인이 될 것이라든가, 보편적 지식인이 될 것이 따논 당상이라든가, 엄청난 글쓰기를 터득할 거라고 말한다면 쉽게는 물론, 어렵게도 믿지 마시라. 그런 영역은 급하게 생각해서는 안 된다. 급하면 사기 당한다.

전제를 '이해 이후'로 옮기자. 우리는 지금 '쓰기의 전략'을 말하고 있다. 이해를 어느 정도 해결했고, 요약을 완성한 다음의 문제는 주체적 관점의 유무이다. 사실, 요약이 생략될 수도 있다. 그래도 서평은 서평이 될 수 있다. 그런데 분석이 생략되면 서평은 서평이 아니라 소개글, 정보전달글에 머무르고 만다. 분석과 판단 없는 서평은 서평이라고 부를 수 없다. 그러므로 서평러가 최종적으로, 가장 중대하게 다루어야 하는 영역이 바로 이 부분이다.

왜 그럴까. 서지와 작가 소개에 나의 향기는 깃들지 않는다. 내 서평의 색깔이 드러나고, 책을 바라보는 '나만의 목소리'가, 책을 소개하고 서평을 쓰는 '목적'이 드러나는 지점이 바로 분석에 해당한다. 이 단계에서부터 진검승부다. 나만의 색깔이 나와야 한다.

자, 정리하자. 서지사항 밑에 전체적 줄거리, 그리고 그 밑에 이 서평의 포인트가 등장한다. 블로그라면 읽는 사람이 포기하기 전에 핵심이 따악 하고 나와 주는 것이 바람직하다.

서평의 포인트, 다시 말해 내가 이 책을 바라보고 평가하는 방향과 목적은 어떻게 드러날까. 이것을 우리가 함께 배우기 전에 당부하고 싶은 말이 있다.

책을 제대로 평가하려는 서평러에게 부치는 당부
"절대, 네버, 쫄지 마시라."

'네 생각을 말해봐'라는 질문을 받으면 겁부터 먹는 것이 우리의 기본적 속성이다. 세대를 불문하고 질문하는 것을 싫어하고 질문 받는 것은 더 질색한다. (나는 아닌데…라는 생각을 잠깐 하신 서평러는 복되도다.) 왜 싫어하냐면, 그 이유는 간단하다. 남들이 나를 바보라고 생각할까 겁이 나서다. 혹시나 나를 비난하는 눈빛으로, 어이없다는 표정으로 바라볼까 두려워서다. 똑똑한 질문을 찾지 못하면 망신이라는 강박. 나의 대답이 나의 수준 그 자체를 드러낸다는 두려움. 정답은 반드시 있고 나는 맞혀야 한다는 '답정너'의 함정. 이런 대목에서 우리의 질문은 질식한다.

평가에의 두려움은 일종의 장애물이다. 그것은 우리의 질문은 물론 우리의 생각까지 막아선다.

본래 생각은 씨앗과 같아, 심어지면 자라나야 한다. 생각이 나팔꽃의 덩굴줄기처럼 안에서 돌돌 감기면 나를 파고든다. 대신 밖으로 멀리 퍼져나가라고 목소리가 존재하는 것이다. 그럼에도 불구하고 우리는 생각을 도로 말아 가슴속에 감춰둔다. 너에게도 나에게도 이 '생각 숨기기' 훈련은 어느새 고도화되어 있다. 이미 한국 사회에서는 내 생각이 중요하지 않고 정답일 것으로 '추정'되는 생각이 더 중요해졌다. 수업 시간에 학생들을 보면 해가 갈수록 그런 경향이 강해짐을 느낀다. 나는 나이를 먹어 점점 더 둔감해지는데도, 학생들이 유지하는 침묵의 지속성이나 정답 고르기의 경향은 더 강하게 발현되고 있다. 현장에서 가장 속상한 부분이다.

아마 서평을 쓰려고 이 책을 선택한 사람의 대부분은 이런 답답함을 경험했을 것이다. 그리고 어느 방법으로든 내 생각을 내 목소리로 말하고 싶다는 욕망을 알게 모르게 가지고 계실 것이다. 그래서, 책과 서평을 선택했다는 것을 나는 너무나 잘 알고 있다. 왜냐하면 나 역시 책을 읽고 서평을 쓰는 사람이기 때문이다. 나의 친구들과 동료들 역시 같은 이유에서 책을 읽고 서평을 쓰는 것을 선택했기 때문이다. 나와, 내 친구들과, 서평러 되기를 준비하는 당신과 같은 사람은 이 세상에 생각보다 많다. 각자 외롭게 쓰고 있을 뿐, 그 존재가 잊히지는 않기를 바란다.

'쫄지 않겠다'고 약속을 해주시기 바란다. 이 약속은 나도 지키지 못하는 약속이지만 매번 서평을 시작할 때 혼인서약처럼 한다. '항상 아끼고 사랑하겠다'는 혼인서약은 애초 지키지 못할 약속이다. 어떻게 남편을, 아내를 매번 아끼고 사랑만 하겠는가. 징글징글하고 밉고 원망스러울 때가 수없이 많은데. 그렇지만 매번 다짐하고 확인하면서 우리는 서약에 근접해간다. '쫄지 말자'는 서약도 마찬가지다.

반대로 당신은 책을 무시하거나 책에 비아냥거려서도 안 된다. 이건 못된 행동이지 서평러의 태도가 아니다. 비아냥거리면서 내가 써도 이보다는 낫겠다는 서평도 많이 봤다. 가끔은 그 마음에 동의도 된다. 나도 요즘은 대충 슥 보기만 해도 너무나 멀리하고 싶은 책이 늘어나서 '품위 있는 서평러의 내면'을 유지하기 힘들다. 그러나 기억하려고 애쓰고 있다. 온당한 비판과 폄하는 질적으로 다르다는 사실을 말이다. 책을 쓰는 것 자체가 노동이고, 노동은 몹시 신성한 행위다. 물론, 쓰레기 같은 책은 분명히 존재한다. 그 책이 쓰레기라고 말하기 위해서는 왜 쓰레기인지 조목조목 따질 필요가 있다. 내 생각과 다르다는 이유로, 마음에 들지 않는다는 이유로, 저자의 이력이 보잘것없으며(혹은 이력이 환장하게 싫으며), 자신이 잘 모르는 출판사라는 이유로 책마저 후려치면 안 된다.

우리 새끼손가락 걸고 약속했다면 이제는 '쫄지 않을 것 같은 당신'이 당당하게, 쉽게 분석을 할 방법을 알려드리겠다. 분석이라는 말을 들으면 '증권 애널리스트'같은 단어가 훅 하고 떠오른다. 혹은 원심 분리기나 연구실의 하얀 가운이 연상되기도 한다. 다들 분석이란 게 전문가의 몫이라고 생각하고 있다. 그러나 오해다. 분석은 서평러의 몫이기도 하다. 예비 서평러도 분석을 충분히 잘할 수 있다.

분석을 어렵게 생각하지 말자. 분석의 시작이자 절반은 '선택'이다. 점심 메뉴 고르기도 힘든데, 무슨 선택이냐고? 아니다. 서평러의 선택은 어렵지 않다. 책을 읽으면서 접어놓는 페이지, 긋는 밑줄. 이것이 바로 당신의 중요하고도 중요한 '선택' 그 자체다. 다시 말해서 페이지 잘 접고, 포스트잇 붙여놓고, 연필로 밑줄 그어놓는 행위(꼭 자기 책인 경우에만 그으시오. 대출도서는 밑줄 금지) 이것만 잘해도 분석은 이미 절반 이상 한 셈이다.

책의 어느 페이지를 인용하느냐 그 '선택' 자체가 분석의 일부다. 역사에 비유해보면 쉽다. 역사도 모든 사건과 인물을 기록하는 것이 아니라 어느 사건과 인물만을 다룬다. 역사는 기록할 대상을 '선택'하는 데서 시작한다. 그리고 이 '선택'을 보면 역사가의 경향과 세계관을 알 수 있다. 마찬가지다. 책을 다루는 서평러가 어느 구절을 중시할 것인지 선택하는 일에는 서평러의 주관이 개입한다.

선택이라는 행위는 하나이지만 선택의 드러남은 '직접 인용'과 '사진'이라는 두 형태로 나타난다. 블로그 서평러는 필연코 스크린샷을 찍거나 책의 일부를 카메라 어플로 찍는다. 그런데 모든 대목 모든 페이지를 다 찍는가? 결코 그렇지 않다. 모든 것이 다 중요하면 아무것도 중요하지 않은 것이다. '와 좋은데' 싶으면 찍고 '도움이 되겠다' 싶으면 찍고 '핵심이다!' 생각되면 찍는다. 다 찍고서 폴더 사진을 일별하면 보통 자기 체감보다 훨씬 더 많은 사진이 찍혀 있다. 하나씩 넘기면서 후보 6~7개만 남기고 나머지는 삭제하는 것이 좋다. (게다가 우리 저작권법상 책의 일정 부분 이상을 찍어 올리면 안 되게끔 되어 있다.) 최종적으로 올릴 사진은 서너 개 이상을 넘지 않는 것이 좋다. 책에 따라 다르지만 목차 페이지 제외하고 사진 3개 전후가 적절하지 않나 싶다. 종이로 된 서평에서도 직접 인용을 너무 많이 하면 내용의 흐름이 흐트러질 때가 있다. 그리고 사진 하나당 하나의 분석 주제라든가 하나의 테마를 담당하게끔 정한다. 분석의 테마가 5개나 된다면 이야기가 산만해진다. 책의 저작권을 보호하기 위해서도 그렇고, 포스팅 작성에는 한 책에 3개 전후의 사진이 적절하다.

사진이 너무 많으면 전체 포스팅의 호흡이 늘어진다는 단점도 있다.

이상, 포스팅에 올릴 사진 후보를 만드는 일, 후보 중에서 중요하지 않은 것을 지우는 일, 남긴 사진들 중에서 포스팅에 올릴 최후의 3장 이내를 고르는 것. 이것 자체가 '내가 책을 어떻게 읽었는가'를 알려준다.

이렇게 사진을 결정하고 올리는 것은 이미지로서의 직접 인용이다. 그런데 이미지로만 제시하면 포스팅 전개의 기승전결이 눈에 잘 들어오지 않는다. 게다가 사진은 딱 한 구절을 지시하는 정밀함까지는 갖추지 못한다. 때로는, 혹은 바람직하게는 그 페이지 중에서도 어느 구절을 중요하게 읽었는지, 글로 된 직접 인용으로 보여줄 필요가 있다.

이를테면 '사진1 ―사진1 중에서 정말 중요한 문장 1~3줄 ―이 부분이 내게 어떤 의미를 지니고 있는지, 이 부분을 선택한 이유 서술'. 이렇게 된 구조를 한 블로그 안에서 2번 반복할 수도 있고 3번 반복할 수 있다. 예를 들면 다음과 같다.

블로그 포스팅의 중반부 구조

사진 파일 1

|

사진 파일 1 중 중요한 대목 정리

|

그 대목에 대한 나의 생각, 해석, 추천

|

사진 파일 2

|

사진 파일 2 중 중요한 대목 정리

|

그 대목에 대한 나의 생각, 해석, 추천

|

사진 파일 3

|

사진 파일 3 중 중요한 대목 정리

|

그 대목에 대한 나의 생각, 해석, 추천

위 구조를 보면 단박에 이해가 될 것이다. 〈사진 파일—직접 인용—내 분석〉이 한 세트다. 그리고 이 부분을 반복해서 연결

할 수 있다. 단, 반복이 지나치면 지루하다. 그러니 사진도 서너 장으로 제한하는 편이 좋다. 위 표의 구조는 3단 구성이다. 저게 3단이 아니라 5단이라고 생각해보라. 너무 길다. 읽는 이의 입장이라면 스크롤을 내리다가 포기할 수도 있다.

항상 말하는 바이지만, 형식이 내용을 이끌어내기도 한다. 블로그 서평 쓰기를 처음 시작하는 사람이라면 다이어그램이나 알고리즘 표와 같은 구조를 활용하는 편이 좋다. 표를 미리 그려 넣고 각각의 박스에 내용을 정리한 후에 쓰기를 시작할 수 있다. 글쓰기에는 도식이 필요 없다고 말하는 사람도 많다. 글쓰기! 그것은 영혼의 숭고한 작업이고, 내면의 목소리를 담아내는 자유로운 행위라는 말도 있다. 자기 내면에 조용히 귀 기울이면 누구나 글을 쓸 수 있다는 것이다. 맞다. 좋은 이야기다. 그런데 영혼이 과묵하다면 어떻게 하나. 내면의 목소리를 담는데 그 내면이 생전 말을 안 해봐서 목이 갈라진다면 어쩌나.

이상은 멀고 우리는 바로 쓰고 싶다. 글쓰기는 정말 실천이다. 그것은 한 글자 직접 쓰기에서 시작한다. 그래서 위 구조를 보여드리는 것이다. 구조는 우리를 안심시킨다. 구조가 우리의 과묵한 영혼을 자극한다. 그것은 갈라진 목소리에 스프레이를 뿌려준다. 개요니 설계도니 고전적 이론을 운운하고 싶지는 않다. 구조가 탄탄해지면 말을 섞어 포스팅 짜는 것은 훨씬 더 수월해진다. 요약하자면, 표를 머릿속에 담아두고 그 안에 내용을 채워보자. 접시를 미리 준비하면 음식을 담거나 준비할 때 훨씬 계획적일 수 있다.

자, 위 구조를 포함한 전체 포스팅 A to Z는 아래 구조를 참조하시면 된다.

한눈에 보는 블로그 서평의 전체 구조

포스팅 제목

(책 제목과 내 서평 제목을 함께 쓴다)

|

서지사항 공개

(저자의 이름, 책의 원제와 출간 연도, 번역자까지 꼭 써준다)

|

저자 간략 소개

(저자가 생존했던 시대는 꼭 밝혀준다)

|

전체 의의

|

사진 파일 1

|

사진 파일 1 중 중요한 대목 정리

|

그 대목에 대한 나의 생각, 해석, 추천

|

사진 파일 2

|

사진 파일 2 중 중요한 대목 정리

|

그 대목에 대한 나의 생각, 해석, 추천

|

사진 파일 3

|

사진 파일 3 중 중요한 대목 정리

|

그 대목에 대한 나의 생각, 해석, 추천

|

부차적으로는 더 추천하고 싶은 책, 연계 독서물

다시 말하건대 어느 대목을 '직접 인용'할 것인지 정하는 것 자체가 나의 목적을 드러낸다. 블로그 서평의 경우 '사진'도 직접 인용이다. 이 게시물의 목표가 기록인지, 새로운 해석인지, 시사점 공유인지 '직접 인용' 파트에서 달라진다.

개인적 기록을 위한 블로그 서평이라면 표지 사진, 서지 사진, 목차 사진, 중요한 대목 한 구절 등을 직접 인용할 수 있다.

새로운 해석이라면 중요한 구절, 문단 직접 인용이 비중 있게 다뤄진다.

시사점 제시라면 유용한 부분, 새로운 부분, 남들에게 알려주고 싶은 부분을 비중 있게 다룬다.

위 표에서 가장 중요한 부분은 〈그 대목에 대한 나의 생각, 해석, 추천〉이다. 서평이 뭔지도 알겠고 어떤 구성인지도 알겠는데 내 해석 부분을 못 쓰겠다는 분들이 많다. 내 생각 쓰기가 바로 서평의 핵심이다. 그리고 가장 어려운 부분이다. '내 생각이 정말 의미 있는 생각인지, 하나 마나 한 생각인지 모르겠다', '나의 판단이 정말 중요하고 할 만한 판단인지, 근거 없는 뇌피셜에 불과한지 모르겠다' 등 실제에서는 이런 부분이 정말 아리송하다는 토로가 많다.

이런 부분은 케이스 바이 케이스가 너무 많아서 일일이 '잘 하셨다', '못 하셨다' 말할 수 없다. 이상하게 들릴지 모르지만 내 판단이 옳은지는 자신이 판단해야 한다. 그리고 자신만이 판단할 수 있다.

판단의 베이스는 자신감이다. But! 자신감이 과도하면 판단에 오류가 생긴다. 그래서 이 책에서는 다른 것을 제시하고 싶다.

그것은 과정 중시다. '판단에 이르는 과정'을 신뢰하라. 그러면 결과물의 정확도가 높아진다. 가는 길이 정확하면 '도착지가 과연 맞을까 틀릴까' 이런 아리송함이 훨씬 줄어든다.

오즈의 마법사로 가는 과정은 만남으로 이루어져 있다. 서평의 과정은 뭘로 이루어져 있을까. 그것은 '질문'이다. 황금알을 낳는 닭처럼, 서평의 질문은 좋은 판단을 낳는다. 질문이 많으면 서평은 산으로 간다. 그래서 간단히 정리하자. 서평의 질문은 2가지만 잘하면 된다. 그것은 바로 '왜'와 '어떻게'이다. 이 2가지 질문은 서평 쓰는 사람의 오른손과 왼손에 하나씩 들려 있어야 하는 연장이다. 게임의 특수 아이템, 병사의 무기. 이런 것이 바로 '왜'와 '어떻게'이다.

'왜'라는 무기는 텍스트의 핵심을 파도록 도와준다. '왜'를 통해 수확한 내용은 서평의 방향과 주제를 결정해준다. 내가 느낀 감정이나 느낌을 논리적으로 풀도록 유도해준다. 저자가 왜 이렇게 말했지? 이 단어는 무슨 뜻이지? 왜 여기서 이런 예시를 들었지? 저자 말이 왜 이해가 안 되지? 저자 말이 왜 충격적이지? 저자 말에 왜 쉽게 동의가 되지? 저자 말에 왜 괜히 찔리지? 이런 '왜'들은 책의 심층으로 들어가게 하는 곡괭이이다.

그럼 '어떻게'는 어떤 역할을 할까. '어떻게'를 묻는다는 것은 '방법론'을 묻는 것이다. 작가가 책을 서술한 방법, 표현한 기법,

구조적 장치, 활용한 자료 등등은 '왜'가 아니라 '어떻게'를 통해 접근할 때 효과적이다. 많은 사람들이 책의 내용, 핵심, 성격, 다시 말해 내용적인 측면만을 다룬다고 오해하는데 절대 그렇지 않다. 서평은 그 책의 탄생 비화, 탄생 과정, 당대의 존재 의의, 현재의 존재 의의, 장정, 표구, 삽화, 도표, 형식, 문체, 언어, 단어, 이미지, 기법 등까지 모두 포괄한다. 내용적인 부분만이 아니라 형식적인 부분도 서평이 다루어주면 좋은 부분이다.

서평러는 '꼽는 자'이다.
한 서평에서 우리는 총 세 번까지만 꼽기로 한다.
너무 많이 꼽으면 지루하다.

이제 질문을 보다 쉽게 하기 위한 전략을 제시하고자 한다. '왜'고 '어떻게'고 간에 이런 질문하기 자체도 어렵다면 그냥 '꼽기'를 하면 된다. 책을 읽으면서 적당한 '꼽기'를 찾아보자. 꼽기 가능한 질문들은 다음과 같다.

- **장르 불문 공통되게, 아래 중에서 골라 꼽자. (1~2개)**
  - 이 책에서/여기서 가장 매력적인 부분을 꼽자면
  - 이 책에서/여기서 가장 유용한 부분을 꼽자면

- 이 책에서/여기서 가장 핵심적인 부분을 꼽자면
- 이 책에서/여기서 가장 주목해야 할 부분을 꼽자면
- 이 책에서/여기서 가장 아쉬운 부분을 꼽자면
- 이 책에서/여기서 가장 인상적인 부분을 꼽자면
- 이 책의 장점을 꼽자면
- 이 책의 단점을 꼽자면
- 이 책의 내용상 특징/아쉬운 점/장점/단점을 꼽자면
- 이 책의 형식상 특징/아쉬운 점/장점/단점을 꼽자면
- 이 책에서/여기서 미학적으로 가장 중요한 부분을 꼽자면
- 이 책이 사상사적으로 가장 큰 울림을 주고 있는 부분을 꼽자면
- 이 책의 문체적인 특징을 꼽자면
- 이 책의 전개상 특징을 꼽자면

더 꼽을 수도 있지만 숨이 차는 관계로 이 정도로 정리해보자. 이 꼽기 항목만으로도 쓸거리를 충분히 찾을 수 있다. 그래도 아리송하시다면! 아래와 같이 더 세분화할 수 있다.

- **소설의 경우 아래 항목을 더 주목하자. (1~2개)**
  - 여기서 가장 아름다운 부분을 꼽자면
  - 이 책에서 가장 결정적인 장면을 꼽자면

- 이 책에서 가장 드라마틱한 부분을 꼽자면
- 이 책에서 가장 인상 깊었던 대사를 꼽자면
- 전개에서 아쉬웠던 부분을 꼽자면
- 가장 탁월했던 부분을 꼽자면
- 이 책의 문체적 특징을 꼽자면
- 이 책의 서술상 특징을 꼽자면

• **학술서의 경우 아래 항목을 더 주목하자. (1~2개)**

- 이 책에서 가장 주목해야 할 부분을 꼽자면
- 이 책의 내용상 특징/아쉬운 점/장점/단점을 꼽자면
- 이 책의 형식상 특징/아쉬운 점/장점/단점을 꼽자면
- 이 책이 사상사적으로 가장 큰 울림을 주고 있는 부분을 꼽자면
- 이 책이 ○○를 논한 다른 저서들과 가장 큰 차별성을 꼽자면

• **시집의 경우 아래 항목을 더 주목하자. (1~2개)**

- 이 작품집에서 가장 아름다운 한 편을 꼽자면
- 이 시집에서 시인의 내면을 가장 잘 드러내는 구절을 꼽자면
- 이 시집에서 가장 아름다운 이미지를 꼽자면
- 이 시집에서 가장 인상 깊었던 한 편을 꼽자면
- 이 시집에서 가장 상징적인 작품을 꼽자면

- 이 시집의 이미지 계열을 꼽자면

• **에세이의 경우 아래 항목을 더 주목하자. (1~2개)**

- 저자의 인생관을 엿볼 수 있는 에피소드를 꼽자면
- 이 책의 세계관이 드러나는 일화를 꼽자면
- 저자의 삶이 가장 잘 드러나 있는 부분을 꼽자면
- 저자가 큰 울림을 전달하는 부분을 꼽자면
- 독자에게 인상 깊은 메시지를 전달하는 구절을 꼽자면
- 저자의 메시지를 압축적으로/상징적으로 표현한 부분을 꼽자면

• **실용서의 경우 항목을 더 주목하자. (1~2개)**

- 이 책의 필요성을 꼽자면
- 이 책의 한계를 꼽자면
- 이 책에서 독자들에게 새로운 정보를 제공하는 부분을 꼽자면
- 유용한 팁을 정리해준 장을 꼽자면
- 실제로 우리가 적용할 수 있는 방법이 제시된 부분을 꼽자면

TIP

이렇듯 쉽고 좋은 쓰기 방법에도 단점은 있다.
'꼽자면'의 부작용이 바로 그것이다. 자꾸 꼽다가 보면 '꼽자면'에 싫증 난다. '꼽자면'이 반복되면 보는 입장에서도 지겹다. 그렇다고 '꼽자면'을 버릴 수 없다.
이런 경우에는 '꼽자면'을 변용시키면 된다.
'들자면', '뽑자면', '고른다면', '말한다면', '말하자면', '지적하자면' 등의 유의어로 바꿔 쓸 수 있다.
만약 '무엇무엇하자면'이라는 말 자체가 싫다면 '-자면' 대신 '장면은/부분은/대사는' 등의 주어로 바꿔 쓸 수도 있다.

3 장형 서평 – 아카데믹한 학술 서평의 세계

지금까지 우리는 간략한 단형 서평과 어느 정도 길이가 있는 블로그 서평을 살펴보았다. 이 2가지는 모두 대중을 위한 대중의 대중적인 글이라고 볼 수 있다. 형식이 딱 정해져 있다거나 절대적 기대 요건이 있는 것도 아니다. 그런데 지금부터 살펴볼 아카데믹한 서평은 더 공식적이고, 딱딱하고, 정형화된 버전의 서평이다.

서평 대회에 제출하려는 경우, 학교에서 과제(독후감 과제가 아니라 서평 과제)로 제출해야 하는 경우, 잡지 뒤에 실리는 전문가 서평을 연습하려는 경우에 이 부분을 보시면 된다. 사실, 블로그 서평 중에서도 전문가 냄새 폴폴 풍기는 전문 서평을 좀 올리고 싶다, 남들과 차별화된 블로그 서평을 갈고 닦겠다 목표 삼은 경우에도 이 부분을 보시면 좋다. 블로그에 올릴 글이라면 다만 형식적으로 장절 구분을 부드럽게 하시면 된다. (장절 구분이 부드럽다는 것은 장절 구분을 적게 한다는 말과 같다.)

이 학술적인 서평과 앞서 소개한 블로그 서평 쓰기는 엄청나게 다르지 않다. 오히려 블로그 서평이 형식적 내용적으로 진화하면 학술적인 서평이 되고, 학술적인 서평이 조금 부드러워지고 짧어지면 블로그 서평이 된다. 강조점이나 기본 골격은 상당히 유사하다. 그러므로 블로그 서평을 연습하는 서평러가 지금 이 파트를 보는 것은 매우 유용할 수 있다.

자, 우리가 쓰려는 아카데믹한 서평은 아무래도 분량도 길고, 내용도 좀 어렵고, 무엇보다 대상 도서가 좀 어려운 경우가 대부분이다. 공식적으로 제출해야 하는 서평, 평가받기 위한 서평, 문서 작성과 어울리는 서평, 아카데믹한 책을 깊이 있게 다루는 서평은 과연 어떻게 쓸까.

먼저 할 일 – 전체 구성 나누기

전체 글이 길다면 구성이 필수다. 곤충이 머리 – 가슴 – 배로 나뉘는 것처럼 서평 역시 앞 – 중간 – 끝의 삼단 구성으로 나뉜다. 전체 글의 세부 구성을 명시적으로 표현한 것을 우리는 '목차'라고 부른다.

그런데 서평의 목차를 적을 때 반드시 서론, 본론, 결론으로 나눌 필요는 없다. 오히려 '서론'이라는 용어는 실제 서평 작성에서 잘 쓰지 않는다. '론'이라는 어휘를 쓰면 서평이 딱딱해지거나 논리적 리포트로 오해받을 수 있다. 장이나 절의 소제목을 붙일 때에는 '서론'이라는 단어를 쓰는 대신 최대한 멋진 말을 찾아 써보는 것이 좋다.

이를테면 "1. 서론"이라고 하지 않고 "1. 디지털 시대의 낭만적 풍경" 또는 "1. 작가 박완서의 생애와 삶이 녹아 있는 작품" 등등. 이런 식으로 '서론'이라는 한 단어보다 표현력이 돋보이는 제목을 붙이는 편이 좋다. 앞에서 말했듯이, 서평은 완전 딱딱하고 학술적이며 논증적인 논문이 아니라 약간은 감각적인 글이기 때문이다. 어느 정도 감수성의 독서 위에 서 있는 글이 서평이라는 점을 잊지 말자. 이 말을 오해해서 감수성 충만한 서평을 쓴다면 또 곤란하다. 꼭, 이성적인 판단과 감성적인 독해 사이에 위치하길 바란다. 서평에서 제일 어려운 점이 바로 이 점이고, 서평을 서평이게 하는 점도 바로 이 점이다.

'서론, 본론, 결론'. 이 세 단어가 서평에 직접적으로 등장하지 않더라도 서평에도 앞부분, 중간 부분, 끝부분이 엄연히 존재한다. 아니, 존재해야만 한다. 시작도 끝도 없는 글이란 보르헤스의 소설에나 나올 법하다. 현실에서의 글이란, 대개 서서히 시작해서 본격적으로 자세히 이야기하고 깔끔하게 마무리하는 스타일을 따르게 되어 있다. 보편적이고 초보적인 서평은 더욱 그러하다. 대학생이 과제로 제출하면 좋을 서평에도 앞에 들어가면 적절한 내용, 중간에 들어가면 적절한 내용, 끝에 들어가면 적절한 내용이 존재한다.

물론 '반드시!', '꼭!' 무슨 내용이 어디 위치해야 한다는 법은 없다. 글이라는 것에 절대적인 법칙이 있을 수 없다. 여기서 말하는 '적절한 내용'과 그것이 들어가면 '좋을 위치'란, 초보자들을 위한 편의적 표현이다. 초보자들에게는 '자유롭게 써라' 하는 충고보다 답답한 것이 없다. 그들에게는 미리 틀을 좀 정해놓고 그 틀을 채우는 연습이 더 도움이 된다.

그래서 이 책에서는 서평의 앞부분, 중간 부분, 끝부분에 들어가면 좋을 내용들을 구분하고 일종의 틀을 알려드리려고 한다. 연습이 진행되면 이 틀을 자유롭게 변형하는 것이 좋다. 나아가 이후의 설명에서 '서두'라든가 '앞부분'이라는 용어가 등장하면 일반적인 리포트의 서론에 해당하는 부분을 지칭한다고 이해하길 바란다.

TIP

서평을 시작할 때 '1. 서론'이라는 소제목을 붙이지 말자. 서평은 '무슨 론'이 아니니까 '서론'도 틀린 말이다. 첫장에 '들어가며', 끝장에 '나오며'를 붙이지도 말자. 자꾸 어디 들어가고 그러는 거 아니다.
'머리말', '끝맺음'도 별로다. 흔히 할 말 없을 때 붙이는 소제목이지만 글이 지루해진다. 게다가 '머리말'을 '머릿말'로 써놓고 당당히 제출하면 정말 난감하다.
여담이지만 리포트를 '레포트'로 잘못 쓰지들 말자. 선생님들은 이런 부분에 굉장히 예민하다.
1장에 들어갈 내용은 거의 정해져 있다. 저자에 대한 소개나 책 전체에 대한 소개다. 다음 내용을 더 읽어보면 안다. 관련된 압축 정리는 부록편에 되어 있다.

앞부분에 들어가야 할 내용은 이렇다

서평의 '서두', 혹은 '앞부분'에 들어가야 할, 또는 들어가면 적당한 내용을 간략히 정리하면 다음과 같다.

① 텍스트 정보를 정확히 소개해서 텍스트를 확정해주기

(내가 알고 있는 그 책의 탄생 지역과 탄생일을 모두가 다 알고 있을 거라고 생

각하지 말기. 모두 알아도 써주는 것이 예의)

② 저자에 대한 간략한 소개

(그러나 책과 무관한, 지나치게 디테일한 모든 정보를 다 쓰려고 하지 말 것)

③ 책 전체에 대해 간략한 인상

(제발이지, 자신의 오해나 실수를 굳이 밝히지 말 것)

④ 책에 대한 일반적인 정보 (검색이나 출판사 제공 정보를 활용할 것)

노파심에 다시 말하지만 위의 쓸거리들은 절대적이지 않다. 모든 서평에 반드시 포함되어야 하는 것은 아니다. 서평의 필자에게는 무한한 선택권이 있다. 무릇, 모든 서평러는 그 선택권 사이를 누비며 즐기셔야 한다. 내가 위 쓸거리를 정리한 것은 그 즐거움을 해치려는 의도가 아니다. 이 무한한 선택권이 초보자들에게는 오히려 혼란을 줄 수 있기 때문에 그것을 방지하려는 것뿐이다. 무엇을 쓸지 몰라 방황하는 초보자들에게는 이런 정리와 권유가 도움이 될 것이다. 친절한 위의 팁을 더욱 친절하게 다시 설명하겠다. 한눈에 봐서 알겠으면 아래 디테일을 패스하시라.

• 텍스트 정보를 정확히 소개해서 텍스트를 확정해준다

이 말이 대체 무슨 말인가? 서평의 필자(바로 이 책을 읽고 있는 독자이자 우리들 서평러)는 자신이 읽은 책이 무슨 책인지 정확하게 확정해야 한다. 어디서? 바로 서평에서 말이다. 놀랍게도 책의 이름도 명확히 밝히지 않고 서평을 쓰는 경우가, 종종 발견된다. '너도 알고 나도 알고 있지 않나?' 내지는 '굳이 밝혀야 하나?'라고 생각할 수도 있다. 그러나 이 생각은 틀렸다.

지금 쓰는 글이 과제나 주문으로 인한 생산물이라면 이 생산물을 접수할 선생님이나 편집장은 그 책이 누구의 책이며 어떤 제목의 책인지 너무나도 잘 알고 있다. 그러나 지금 당신이 쓰는 글은 선생님 한 명이나 편집장 한 명만을 위한 글이 아니다. 불특정 다수의 대중이 읽어도 무방한 글이어야 한다. 그렇다면 무슨 책에 대한 서평인지 콕 집어 명확히 표현해줘야 한다. 너무 안타까운 일인데, 많은 서평 작성자들은 책의 기본 서지사항을 잘 정리해 밝혀야 하는 일이 얼마나 중요한지 알지 못한다.

서평러는 언제든 다음 사항을 잊지 말아야 한다. 특히나 포멀한 형식의 서평이라면 내가 읽고 있는 책의 원제, 혹은 번역 제목, 저자, 번역자, 편집자, 최초 출간 일시, 개정이나 수정 등의 상황, 어느 나라의 어느 도시에서 출간되었는지 등등을 본문에서 밝히거나 본문에 각주를 달아주도록 한다. 정보가 너무 많고 디테일하다면 각주를 추천한다. 물론 서평에서 책 제목이 등장할 때마다, 혹은 책 언급이 있을 때마다 각주를 달아주는 것은 오버센스다. 제목을 제외하고, 문장으로 된 글이 시작되는 본문에서 책의 이름이 맨 처음 거론될 때 딱 한 번 정리해서 달아주면 된다.

• 서평의 앞부분에서는 저자에 대한 간략한 소개가 필요하다

저자 소개는 서평 쓰기에서 매우 적절한 작업이다. 저자가 어떤 사람이고 어떤 일을 해왔느냐는 내가 읽고 있는 이 책과 관련된 사항이다. 저자의 세계관이나 교육, 활동 등등이 책에 반영되어 있을 테니까 말이다.

책을 쓴 저자가 대체 어떤 인물인가를 매우 상식적인 수준에서 정리하는 것은 우리가 책을 이해하는 데에도 도움이 되고, 서평 쓰기 자체를 위해서도 좋다. 그런데 주의할 점이 있다. 이렇게 저자 설명을 쓰라고 가르치면, 대부분이 저자 약력을 그냥 주르륵 읊고 만다. 네이버 인물 정보 검색 결과를 나열한다거나, 책의 약력에 있는 내용을 옮기는 경우도 허다하다. 하지만 이렇게 해서는 안 된다. 책과 무관한, 지나치게 디테일한 모든 정보를 다 써서는 죽도 밥도 안 된다. 나열하면, 작가의 과거와 지난 업적을 전혀 이해하지 못하고 기계적으로 받아 적었다는 인상만 줄 뿐이다. 저자의 약력 중에서는 선별이 필수다. 이 책, 혹은 이 책에 관해서 내가 말하고 싶은 바와 관련 있는 것, 정말 기초적인 것들만 골라서 쓰는 것이 현명하다.

• 서평의 서두에 책 전체에 대해 간략한 인상을 쓸 수도 있다

여기서 '쓸 수 있다'는 말에 주의하시기 바란다. 이 말은 '써야 한다'는 말과 다르다. '쓸 수도 있다'는 말은 경우에 따라서 다르다는 의미이다. 문학적인 텍스트에 대해서 전체적인 감상 포인트를 서론에 은은하게 깔아놓는 것은 추천한다. 문학적인 텍스트가 아니더라도 책 전체에 대해서 어떤 인상을 받았다는 조금 추상적인 내용을 간략히 흘리는 정도로 쓰는 것은 가능하다.

그런데 다음의 경우를 각별히 조심하길 바란다. 책에 대한 인상은 분석 부분보다 쓰기 쉽다. 많은 서평러들은 서평의 서두에서 책에 대한 자신의 인상을 쓰려는 경향을 보인다. 그런데 인상을 지나치게 자기 혼자만의 경험과 결부하여 쓰는 것은 추천하고 싶지 않다.

이를테면, 서평러 중에서는 책 전체에 대해서 자신이 얼마나 잘 모르고 있었는지, 그런 자신이 얼마나 무지하고 바보 같았는지를 장황하게 서술하는 경우가 있다. 이 경우 목적은 뻔하다. 처음에는 이 책에 대해서 정말 어처구니없는 생각을 가지고 있었는데 서평 쓰기를 통해서 내가 그 어리석음을 벗어나 책을 제대로 바라보게 되었다는 식의, 드라마를 서술하고 싶은 것이다. 드라마 쓰기는 '자소설'에서나 할 법하다. 그러니 자신의 과오를, 제발이지 먼저, 굳이, 그것도 드라마틱하게 밝히지 말았으면

한다. 서평이란 그 책에 대한 필자의 판단이 중심이다. 판단을 듣고 싶지, 그 책에 대한 자신의 운명적인 만남과 오해, 그리고 오해를 극복한 이야기 등은 별로 듣고 싶지 않은 이야기이다.

• 서평의 서두에 쓸 수 있는 내용으로,
책 전체에 대한 일반적인 정보가 있다

예를 들어 이 책이 몇 개 국가에서 베스트셀러가 되었다든지, 몇 년째 스테디셀러라든지, 몇 년도에 문학상을 받았다든지, 언제 어떤 사회에서 각광받았다든지 등등이다. 이런 내용은 뉴스나 기사를 보면 쉽게 알 수 있다. 이렇게 검색 결과를 활용해도 좋고, 혹은 출판사 제공 정보를 활용할 수도 있다. 단, 참조한 내용에 대해 각주를 달아주는 것이 좋다. 사실 자신의 인상이 어떠했는지 지나치게 극적으로 쓰는 것보다는 책에 대해서 많은 사람들이 어떻게 평가하고 보편적으로 받아들이는지 소개하는 편이 낫다. 물론 전체적인 인상을 쓸 것인지, 정보 소개를 할 것인지, 2가지 다 쓸 것인지는 글을 쓰는 이의 선택이다.

자, 지금까지의 설명은 서평 앞부분에 들어갈 수 있는 (적절한) 4가지 쓸거리였다. 앞부분은 내가 생각해서 쓰기보다 조사하고 정리해서 쓰는 거다. 비문학 장르의 글은 언제고 조사와 정리로 시작되어야 한다.

이제는 들어가서는 안 되는 (부적절한) 내용을 설명할 차례다. 절대로, NEVER, 단연코, 서두에서 해서는 안 되는 몇 가지 최악의 실수가 있다. 다음 사례를 읽으면서 '이것이 왜 최악인 걸까?' 혹은 '나보다는 잘 썼네'라고 생각한다면 너무나 슬픈 일이라는 사실을 알아두기 바란다.

가장 안 좋은 사례

제목 : 라따뚜이를 보고...

김○○

나는 어제 동아리 친구들과 함께 롯데시네마에 갔다. 마침 보려고 하는 영화가 없어서 '라따뚜이'라는 영화를 보게 되었는데, 생각보다 참 재미있었다. 지난주 교수님께서 영화평 쓰기 과제를 내주셨기 때문에 이 영화를 (…하략…)

과거 한 수업에서 실제로 받았던 글을 설명용으로 각색하였다. 이런 글을 읽으면 가르치는 입장에서는 몹시 힘들다. 왜냐하면 고쳐줘야 할 부분이 너무나 많기 때문이다.

자, 우선 제목이 문제다. 〈제목 : 라따뚜이를 보고...〉라니, 난감할 따름이다. 제목에다가 실제로 '제목'이라는 말을 붙이는 것은 어리석은 일이다. 게다가 이런 제목은 리포트 쓰기의 기본도 모른다는 증거가 된다. 리포트에서는 맨 윗줄에 가운데 정렬로 써 넣으면 제목이다. 제목은 '제목입니다'라는 말로 제목이 되는 것이 아니라 위치와 편집으로 스스로 제목임을 드러낸다.

나아가 제목에다가 말줄임표도 아닌 마침표를 연속으로 찍어 여운을 표시하려는 일은 옳지 않다. 또한 '라따뚜이를 보고'에는 '라따뚜이'라는 고유명사(영화 제목)가 들어가 있다. 작품명은 " " 라든지, 〈 〉, 「 」, 《 》, 『 』 등의 기호를 사용해서 특별하게 구분해줘야 한다.

보통 영화는 〈 〉(작품 연도), 「 」(작품 연도)로 쓴다. 책은 『 』(출간 연도), 《 》(출간 연도)로 쓴다. 그렇게 고쳐서 제목이 '「라따뚜이」(2007)를 보고'가 되었다고 문제가 해결되는 것이 아니다. '「라따뚜이」(2007)를 보고'라는 말은 제목보다 부제에 어울린다. 그 영화를 보고 어떤 생각을, 판단을, 결론을 내리게 되었는지 제목에서 느낄 수 있도록 새 제목을 만들어 달아줘야 한다.

무엇보다도, 마치 일기나 사소설처럼 글을 시작했다는 점이 가장 큰 문제다. 서평이 아니라 영화평이지만, 서평이든 영화평이든 마찬가지다. 영화평에서는 그 영화를 어느 극장에서 누구랑 보았는지는 중요하지 않다. 서평에서도 역시 그 책을 형님의 서재에서 맨 처음 접했다든지, 선생님이 주셔서 대충 읽어봤는데 점차 심취하게 되어 3시간 만에 독파했다든지, 이런 사연은 정말이지, 하나도 중요하지 않다. 서평에서 대화를 나누는 주체는 감상자의 심장, 감상자의 두뇌, 그리고 대상 텍스트이다. 이 삼자의 대화를 받아 적으면 된다. 굳이 삼자가 육하원칙에 따라 언제 어디서 어떻게 만나게 되었는지 밝힐 필요가 없다. 따라서 위 사례의 3줄은 모두 삭제하는 것이 옳다. 책과 나의 본격적인 만남 전의 스토리란, 서평의 좋은 글감이 아니다. 굳이 쓸 필요가 없다.

좋지 않은 사례

저는 이번에 톰 행크스가 나오는 〈포레스트 검프〉라는 영화를 보았습니다. 간략한 줄거리의 설명과 제가 느낀 점, 생각하는 바로 나누어 글을 쓰겠습니다. 먼저 영화의 주인공은 어머니의 보살핌 속에서 살고 있는 포레스트 검프라는 소년입니다. 이 소년에게는 장애가 있었는데 (…하략…)

이건 '최악의 사례'까지는 아니지만 '몹시 안 좋은 사례'라고 할 수 있다. 이 글은 서술 방식이 너무나 순박하여 문제다. 이 글의 주인은 전혀 리포트라든가 서평을 써본 경험이 없어 보인다. 리포트에서는 '저는'이라는 겸양의 주어보다, '필자는'이라는 주어를 선택하는 것이 적절하다. '나는'도 좋지 않다. 그리고 '습니다'체보다 '이다'체를 사용하는 것이 맞다. 나이 많은 교수님이 읽을 거라는 압박에서 공손한 문체가 나온 것으로 보이는데, 리포트에서는 '하다', '이다'라고 쓰는 것이 맞다.

위 사례에서 안타까운 부분은 '간략한 줄거리 설명과 제가 느낀 점, 생각하는 바로 나누어 글을 쓰겠다'라고 적은 부분이다. 이 멘트로 인해 글이 몹시 촌스럽고 딱딱해졌다. 게다가 왜 그 내용들을 쓰는 건지 앞뒤 설명이 다 빠지고 쓰겠다는 계획만 있다. 갑작스럽기 짝이 없다.

논리적인 학술 소논문이라면 1장에서 뭐하고 2장에서는 뭐할지 또박또박 밝혀주면 좋다. 그런데 서평은 학술 소논문이 아니다. 보다 자연스럽게 흐름을 이어가는 글이 서평이다. 게다가 서평의 중반부는 간략한 줄거리, 느낀 점, 분석한 점, 판단한 내용 등이 예상된다. 그게 서평을 읽을 때 으레 기대하는 내용들이다. 그러니 이제부터 '무엇무엇을 하겠다'고 미리 디테일하게 짚어주지 않아도 된다는 말이다.

게다가 저 글은 '영화를 보았습니다'라는 문장과 '나누어 설명하겠습니다'라는 문장으로 서론을 마무리했다. 그리고 바로 줄거리로 들어갔다. 그런데 단 두 문장으로 서론을 대신하는 것은 좀 심했다. 글쓴이는 서두를 몇 문단으로 나누어 더 썼어야 했다. 그 몇 문단에는 감독(저자)에 대한 설명, 감독의 지난 필모그래피, 제작이나 개봉 연도, 주연 배우 및 시나리오 작가 등에 대한 설명을 더 친절하게 해야 했다. 팩트 전달은 서평 작성의 기본이다.

TIP

블로그 서평에서 '나'와 '내'라는 주어를 사용하는 것은 상관없다. 그렇지만 문서화하여 제출하는 서평 / 학술적 기관에서 요구받은 서평 / 평가받는 서평이라면 사정이 다르다. '나'와 '내'를 줄이는 것이 좋고, 가능하다면 사용하지 않는 것도 좋다. 그럼 주어 자리에 무엇을 넣느냐고? '필자는'이라고 쓰면 된다. 그것이 좀 불편하다면 '우리는'이라거나 '사람들은', '보편적으로' 등의 말로 대신할 수 있다.

퇴고할 때 유용한 키를 알려드리고 싶다. 글을 다 쓰면 〈컨트롤키(Ctrl)+F〉를 눌러서 '찾기' 박스를 불러낸다. 찾기 박스에는 검색어 칸이 있다. 거기에 '나'를 검색해본다. 그리고 몇 회 검색되었는지, 어디어디 있는지 살피고 고친다. 이어 빼먹지 말고 '내'를 검색한다. 역시 몇 회 썼는지, 어디에 있는 살핀다.

한 가지 더. 마지막에 '것'이라는 단어를 검색해보는 것이 매우 유용하다. 사람들은 글 쓸 때 '것'이라는 단어를 남발하는 경향이 많다. 단어가 부족할 때 '것'을 가져다 쓰는데, 많은 '것'은 글을 불명확하게 할 수 있다. '것'을 검색해보고 너무 많지 않은지 점검해보자.

중반부 ① – 줄거리, 강약 있는 요약이 필요하다

서평의 중반부에는 줄거리 요약, 분석이 들어가야 한다.
이 중에서도 '줄거리 요약'은 기본 중의 기본이다.
길이만 줄이는 요약 말고, 강약 있는 요약을 하라.
이것이 서평용 줄거리 요약의 핵심이다.

앞의 설명에서 '독후감'과 '서평'이 다르다고 강조했다. 그 과정에서 독후감은 '줄거리 요약 + 감상'으로 구성되어 있다고도 했다. 이 말을 잘못 이해한 이는 줄거리와 감상 모두 서평에 들어가면 안 된다고 생각할지 모르겠다. 그런데 이것은 오해다. 줄거리는 독후감에서도, 서평에서도 매우 중요하다. 서평에는 책의 줄거리가 반드시 포함되어 있어야 한다. 세상 사람 모두가 이미 다 알고 있는 줄거리라고 해도 요약해서 넣어줘야 한다. 서평을 독후감으로 만들지 말라는 말을 '줄거리를 무시하라'는 말로 들어서는 절대 안 된다. 차이는 있다. 독후감에서 줄거리의 비중은 압도적이다. 거의 태반이 줄거리로 되어 있다. 그런데 서평에서 줄거리란 기본일 뿐, 최대 핵심도 최대 비중도 될 수 없다. 서평에서는 줄거리가 글의 대부분을 차지하도록 두어서는 안 된다. 쓰지 않고 소홀히 다루어서도 안 된다. 비율에 답이 있는 것이 아니지만 초보자라면 전체 과제 분량에서 줄거리가 20~30% 정도가 되도록 연습하는 것이 좋다.

줄거리는 서평의 가장 베이직Basic한 요소이다. 그 이유는 내용(스토리)에 대한 파악/요약이 있어야 제대로 된 평가가 가능하기 때문이다. 그러므로 줄거리는 서평 평가의 전제다.

만약 과제로서의 서평을 쓰는 사람은 선생님과 친구들만 자기 글을 읽을 거라고 생각하면 안 된다. "선생님은 다 알고 있지 않나? 서평 과제를 내준 사람은 당연히 내용을 알고 있을 텐데 구태여 내용을 정리해서 써야 하나?" 이런 생각은 금물이다. 서평러는 자기 글을 읽는 이가 한 명의 선생님이 아니라 일반적인 모든 사람이라고 전제해야 한다.

다른 사람들이 책을 읽지 않고도 나의 서평을 이해할 수 있으려면 어떻게 해야 할까. 서평에 줄거리를 소개해줘야 한다. 그리고 줄거리가 기본이고 전제라면, 줄거리는 어디에 써주는 것이 맞을까? 줄거리는 기본이므로 대개는 분석의 앞부분에 위치한다. 물론 잘 쓰는 사람은 줄거리를 후반부에 쓸 수도 있고, 전체를 다 쓰지 않고 조금씩 풀면서도 쓸 수 있다. 지금은 초급이지만, 나중에 서평에 자신이 붙으면 글의 줄거리를 나누어 자기 글의 흐름에 맞게 배치할 수도 있다. 그렇지만 이 책을 읽는 서평러들께서는 우선 줄거리를 요약하고, 중반부의 앞쪽에 배치하는 방법을 먼저 훈련해보라. 글 쓰는 사람도, 줄거리가 본론 앞 부분에 떡하니 정리되어 있으면 헷갈리지 않고 안정된다. 다만 그 줄거리가 본론의 대부분을 차지한다면 잘못한 것이다. 그럴 때는 퇴고할 때 줄거리 비중을 팍 줄여줘야 한다.

줄거리 요약을 잘한다는 것은 글을 다이어트시킨다는 것과 다른 말이다. 부사를 제거하고, 묘사를 없애고, 긴 서술을 짧게 줄여준다고 해서 모두 요약에 성공하는 것은 아니다. 서평에 있어서 줄거리 요약의 팁은 다음과 같다.

• 보는 것을 다 쓰려고 욕심부리지 말 것

성격이 꼼꼼하고 치밀할수록 줄거리 요약에 난항을 겪는다. 왜냐하면 뭐라도 빼먹으면 큰일 날 것같이 걱정되기 때문이다. 그러나 줄거리 요약에 있어서는 과감해질 필요가 있다. 세세한 모든 디테일을 다 챙기다 보면 '네버 엔딩 스토리'가 되고 만다. 이것은 서평에서는 비극이다.

• 강약 조절을 통해 책에 대한 장악력을 보여줄 것

음식에도 불의 강약 조절이 중요한 것처럼 스토리에도 강약 조절이 매우 중요하다. 사실 강약 조절은 글 전반에 있어서도 중요한 문제인데 강약 문제를 스토리 요약과 결부시켜 말하자면 '중요한 것을 추려라'라는 말이다. 서평의 줄거리 요약에 있어서 섬세함은 그다지 대단한 덕목이 되지 못한다. 서평 줄거리 요약에서는 섬세함보다 과감함이 필요하다. 과감하려면 아무 때나 과감해서는 안 된다. 중요한 부분을 탁탁 골라내서 짧은 줄거리에 포함시키는 이 식견이 바로 여기서 말하는 과감함이다. 모든 것을 다 강조하면 아무것도 강조하지 않은 것과 같다. 줄거리 요약도 마찬가지다. 대체, 누가, 무슨 의도에서 무엇을 했는지. 그 사건에서 가장 큰 사건의 대강은 어땠는지, 대상 도서를 잘 이해하고 있는 사람은 골자를 잡아낼 줄 안다. 반대로 말해서, 중요하지 않은 곁가지를 치고, 한정된 분량으로 줄거리의 중요한 부분을 잘 잡아냈다는 것은 그 대상 도서를 탁월하게 이해하고 있다는 방증이 된다. 그래서 줄거리 요약이 잘 되었는지, 안 되었는지를 보면 대개 글쓴이가 이 책의 핵심을 장악하고 있는지, 책에 끌려다니는지 파악이 된다. 다음은 줄거리 요약의 몇 가지 사례이다.

줄거리 요약 예시 1

《숨그네》는 일반적인 다른 소설들처럼 사건을 중심으로 진행되지는 않는다. 대신 이 소설은 주인공 레오와 그를 둘러싼 인물들에 초점을 맞추며 진행된다. 소설의 중심에 인물들이 있기 때문에 독자들은 사람의 여

> 러 가지 본성을 상징하는 다양한 군상들을, 마치 파노라마처럼 보게 된다. 이를테면 프리쿨리치는 인간의 폭력성을 상징한다. 그는 권력으로 인간의 위에 군림하는 인간의 잔인함을 보여준다. 트루디 펠리칸은 연민과 위로를 지닌 인간, 연약한 인간의 단면을 보여준다. 이 소설에서 상당히 중요하게 다뤄졌던 법무사 가스트는 인간의 비정한 이기심을 상징한다. 오히려 주인공인 레오는 특정한 본성을 상징하고 있지 않다. 그는 일종의 '보고 기록하는 자'로서 소설 전체의 서술을 담당한다.

이 줄거리 요약은 헤르타 뮐러의 소설《숨그네》(2009)를 읽고 쓴 서평의 일부이다. 줄거리 요약이 잘 되었는지 안 되었는지를 판별하는 방법은 몇 가지가 있다. 우선, 이 책을 읽지 않은 사람도 요약을 읽으면 대충 줄거리를 짐작할 수 있어야 한다. 짐작이 잘 되면 좋은 요약이다. 둘째, 중요하지 않은 부분, 필요 없이 너무 디테일한 부분이 들어 있으면 좋은 요약이 아니다. 셋째, 책의 내용을 오해하고 있거나 정확하게 전달하지 않으면 좋은 요약이 아니다.

그런데 이 문단이 줄거리 요약의 전부라고 하자. 무슨 내용인지 이 문단만 읽고 짐작할 수 있을까? 유추는 할 수 있지만 명확하게 보이지 않는다. 위의 사례는 사실상 줄거리를 짐작할 수 없게 한다는 점에서 모호한 요약이다. 정확히 말해서는 요약이라기보다 소설의 분석, 특징에 대한 언급에 가깝다. 따라서 이 내용은 줄거리가 아니라 분석에 들어갈 부분이 미리 나왔다고 봐야 한다. 그러면 이 서평은 줄거리 요약을 제대로 담고 있지 않은 것이다. 줄거리는 명확하게 정리해줄 필요가 있다.

줄거리 요약 예시 2

소설은 레오가 집을 떠나 수용소로 가기 위해 짐을 싸는 데에서 시작된다. 레오는 동성애자였기 때문에 사람들이 자신을 모르는 곳으로 떠나고 싶어 했다. 당시 레오가 살던 사회에서는 동성애를 한다는 이유만으로도 큰 벌을 받기도 했다. 그래서 레오는 수용소행을 오히려 반기는 마음도 없지 않았다. 레오는 예전에 축음기였던 상자에 자신의 짐을 싸서 수용소로 가는 기차에 몸을 실었다. 그러나 수용소에서의 생활은 매우 고통스러웠다. 주인공은 추위와 굶주림에 시달리며 매일 강제 노역에 동원되어야만 했다. 수용자들은 심한 배고픔으로 인해 쓰레기통을 뒤졌고 점차 인간성을 상실해갔다. 함께 일하던 동료가 회반죽에 빠져 죽는 일이 일어났지만 사람들은 어떤 반응도 보이지 않았다. 법무사 파울 가스트는 배고픔에 시달리는 아내의 음식을 매번 빼앗아 먹었고 결국 아내는 굶어 죽고 말았다. 결국 5년간 강제 수용소 생활을 마치고 레오는 집으로 돌아온다. 그리고 레오는 고향 집에서의 생활에 적응하지 못한다. 결국 레오는 집을 떠나며 수용소를 그리워하게 된다.

이 사례는 대강의 줄거리를 짐작하게 한다는 면은 충족시킨다. 그런데 너무 디테일한 부분이 들어 있어서 수정되어야 한다. "레오는 예전에 축음기였던 상자에 자신의 짐을 싸서 수용소로 가는 기차에 몸을 실었다"라는 문장은 필요가 없다. 어떤 상자에 짐을 쌌는지, 그 상자가 예전에 축음기였는지 아닌지는 전혀 중요하지 않다. 줄거리 요약에 할당할 수 있는 서평의 분량은 많지 않다. 그러므로 줄거리 요약은 매우 간결하고 굵게 끝나야 한다. 필요 없는 디테일은 담을 필요가 없다는 말이다.

"결국 레오는 집을 떠나며 수용소를 그리워하게 된다"는 문장 역시 문제다. 이 문장은 책의 결말을 잘못 읽었다는 것을 드러낸다. 소설에 의하면 주인공이 수용소를 정말로 그리워한 것은 아니다. 수용소 이후에도 자신이 수용소에 속박되어 있음을 정신적으로 느끼면서 마음의 상처를 극복하지 못했다. 그런 비극적인 상황을 '그리워하게 된다'고 결론짓는 것은 정치하게 읽지 못했다는 뜻이다.

위의 사례를 다음과 같이 수정할 수 있다. 수정 전의 문단과 수정 후의 문단을 함께 읽어보면서 요약의 감을 익히기 바란다.

줄거리 요약 예시 2의 수정

소설《숨그네》는 주인공 레오가 집을 떠나 수용소로 가는 장면에서 시작된다. 레오는 동성애자였기 때문에 사람들이 자신을 모르는 곳으로 떠나고 싶어 했다. 그래서 수용소행을 전적으로 두려워하지는 않았다. 하지만 레오의 생각과 달리 수용소에서의 생활은 너무나도 고통스러웠다. 그를 가장 힘들게 한 것은 굶주림이었다. '배고픈 천사'라고 지칭된 굶주림은 주인공의 영혼과 육체를 지배했으며 인간의 본성을 변화시켰다. 주인공을 비롯한 수용자들은 심한 배고픔으로 인해 쓰레기통을 뒤졌고 점차 인간성을 상실해갔다. 동료에 대한 관심, 아내에 대한 사랑, 심지어 인간에 대한 기본적 연민마저 굶주림 앞에서는 무력해졌다.

이러한 비인간적 상황에서도 레오를 지켜주었던 것은 '너는 돌아올 거야'라는 할머니의 작별 인사말이었다. 그는 좌절할 때마다 할머니의 말을 붙들고 견뎠다. 그런데 아이러니하게도 정작 고향의 가족들이 먼저 레오를 포기했다. 가족들이 대리 동생을 낳아 레오의 빈자리를 채웠을 때, 그리고 그 사실을 레오에게 알려주었을 때, 레오는 자신의 기반이 무너짐을 느꼈다. 결국 5년의 시간이 지나고 레오가 집에 돌아왔지만 누구도 레오를 반기지 않았다. 이미 레오의 존재감은 사라졌고 가족 내에서 불편한 이방인이 되어 있었던 것이다. 레오에게는 고향집이 더 이상 고향집이 아니었다. 몸은 수용소를 벗어났지만, 레오의 존재와 마음은 여전히 수용소에 속박되어 있었다.

중반부 ② – 본격적인 분석의 시작

• 분석의 노하우는 이렇다

줄거리를 잘 정리했다면, 이제 분석 차례다.

분석은 서평 중간 부분에서 가장 많은 부분을 차지한다. 분석의 분량이 절대적으로 많은 이유는 당연하다. 분석은 보통 상세한 서술이 필요하기 때문이다. 분석 부분을 탄탄하게 잘 쓰면 서평 자체가 튼튼해진다. 분석이 꼼꼼한 서평은 내용적으로 풍성해 보인다. 분석을 제대로 하지 않고 온당한 평가를 내릴 수 없다.

그만큼 분석은 중요하다. 문제는 텍스트 분석에서 많은 서평러들이 막힌다는 것이다. 우선, 분석 자체가 어렵다. 그렇지만 이 어려운 일을 서평 쓰기에서는 해내야 한다. 어떻게 할까? 분석에도 순서가 있는데 이 순서를 차근차근 지켜나가면 꽤 도움이 된다.

첫째, "뭘 분석해야 할까?"를 스스로에게 물어라. 그리고 대답을 텍스트에서 찾아라.

무작정 찾지 말고 전략적으로 찾아야 한다. 책을 통째로 분석할 수는 없다. 분석은 콘텐츠의 세부 사항들을 대상으로 한다. 그러므로 우리는 대상 콘텐츠의 구성 요소들을 하나씩 하나씩 떼어내야 한다. 그리고 그것들을 메모지에 적어본다.

지금 영화평을 쓴다고 치자. 대상 콘텐츠가 〈아바타〉라는 제목의 영화라고 하자. 그럼 이 영화의 구성 요소들은 무엇일까. 이 질문이 어렵다면 반대로 생각해보자. "과연 무엇들이 모여 한 편의 영화가 만들어진 것일까." 생각나는 대로 써보는 것이 중요하다.

우리는 대개 영화라고 하면 '배우'를 가장 먼저 떠올린다. 배우, 좋다. 구성 요소 맞다. 그 다음에는? 줄거리나 사건을 떠올리는 사람도 있다. 가장 먼저 생각나는 사건이나 에피소드, 좋다. 그것도 분석의 대상이 된다. 배우, 줄거리를 쓴 다음에는 무엇을 쓸까? 영리한 서평러라면 응당 '감독'에 대해 써야 한다. 영화에서 감독이란, 책에서의 저자와 마찬가지로 가장 중심적인 요소이다. 이것 말고도 영화를 구성하는 요소들은 엄청 많다. 배경, 촬영지, 캐스팅, 숏, 음악, 음악감독, 음향 효과, 영상미, 플롯, 대사, 캐릭터, 갈등관계, 반전, 배우의 연기, 의상, 소품 등등이 모두 분석 대상이 될 수 있다.

분석이라는 말은 참 부담스럽다. 그러므로 이렇게 구체적인 분석의 대상들을 써놓고 시작하자. 메모지에 단어가 적히기 시작하면, 분석이 영 불가능한 것만은 아니라고 느껴진다.

둘째, "뭘 선택해야 할까?"를 메모지에게 물어라.

분석의 요소들을 모두 다 글에 써야 한다는 생각은 버려야 한다. 모든 것을 다 쓴다고 해서 좋은 것이 아니다. 써도 안 되고 쓸 수도 없다. 글이 지나치게 잡다해지고, 문단들이 서로 연결이 안 된다. 영화평을 쓰려면 메모지에 적은 분석 대상 중에서 가장 중요한 것들을 캐치해내야 한다. 그런데 꼼꼼한 서평러일수록, 자신이 찾은 이 요소들을 모두 언급해야 한다는 강박에 시달린다. 안 쓰자니 이것도 아깝고 저것도 아깝다고 생각한다. 그런 경우에는 과감히 몇 개를 쳐내야 한다. 안 어울리는데 아까워서 한 편의 글에 욱여넣으면, 문단이 제각기 논다. 한 문단 자체는 흥미로울지 몰라도, 글의 전체적인 모양새는 무슨 이야기를 하다 끊기고, 또 끊기는 모양새다. 단호하게 충고하자면, 아깝다고 해서 자신이 떠올린 모든 생각을 다 넣어서는 안. 된. 다.

예를 들어 의상, 소품, 음향이 별로 중요하지 않았다면 그 부분은 언급할 필요가 없다. 하지만 18세기 유럽 사회를 배경으로 한 영화나 프랑스 궁정을 배경으로 한 영화라면 소품이나 의상이 중요한 분석 대상이 될 수도 있다. 공포영화에서 음향 효과로 인해 공포감이 극대화되었다면, 스릴러 영화에서 배경 음악 때문에 긴장감이 최고조에 이르렀다면 음향 효과나 배경 음악은 언급하는 것이 좋다. 최첨단 CG를 통해 고도시의 전모를 훌륭히 드러냈다거나, CG를 전혀 사용하지 않고 웅장한 대자연을 담았다거나 한다면 그 역시 언급할 필요가 있다.

정리하자면, 분석의 자잘한 요소들을 쭉 적어놓고 그중에서 3~4가지 중요한 요소들만 심층 분석하라는 말이다. 모든 것이 중요하다고 말한다면 아무것도 중요하지 않게 된다. 글에는 임팩트 있는 접근, 강약의 조절이 필요하다. 서평이나 영화평도 마찬가지다.

셋째, 텍스트에 대해서 질문을 던지고 답을 찾아본다.

분석한다는 말은 텍스트를 꼼꼼히 뜯어본다는 말이다. 텍스트의 주변도 보고, 내용도 보고, 배경도 봐야 한다. 글감을 찾기 위해 이곳저곳 두드려보고 찾아보고 검색해보고 읽어보기도 해야 한다. 이것을 탐색의 시간이라고 하자. 아직 글을 쓰기 전, 탐색의 시간에서는 중요한 아이디어가 떠오를 수 있다. 자연스럽게 떠오르지 않는다면 억지로라도 질문을 던져보자. '이건 이런 의도가 아닐까', '이건 이렇게 해석할 수 있지 않을까', '이 내용이 이 부분과 연결되는 것은 아닐까', 자꾸자꾸 의문을 던지고 그 의문을 확인해야 한다. 이럴 때에는 바로바로 적어놓아야 잊어버리지 않는다.

넷째, 인용할 부분 후보들을 미리 타이핑해놓는다.

분석 과정에서 서평러는 직접 인용할 부분을 찾아 미리 문서로 쳐놔야 한다. 텍스트 분석을 위해 탐색하다 보면 '아, 이거 좋은데'라는 부분이 분명 생긴다. 이해가 유독 잘 되거나, 마음에 각인이 되는 부분(혹은 장면, 구절, 대사, 문단)이 있다. 이런 부분은 몇 페이지에 실렸는지 면수가 잘 보이게 사진을 찍어두거나 MS 워드 혹은 한글 프로그램 문서로 입력해둔다. 안 그러면 나중에 직접 글을 쓸 때 까먹게 된다. 책갈피를 끼워두는 것보다 미리미리 문서로 정리해두는 편이 훨씬 시간 절약에 도움이 된다. 여력이 된다면, 직접 인용할 후보들을 문서로 정리하면서 이 부분을 왜 선택했는지 자신의 생각을 메모해두면 좋다. 이 역시 나중에 직접 글을 쓸 때에는 잊어버리기 십상이다.

특히 단평이 아니라 꽤 긴 서평을 써야 할 때 직접 인용은 필수적이며 필연적인 일이다. 직접 인용을 전혀 하지 않고 A4 3장 이상의 서평을 쓸 수 있다? 혹은 잘 쓸 수 있다? 나는 이 질문에 회의적이다. 직접 인용을 하면서 자신의 분석을 상세히 풀어나갈 때, 서평에서의 평가 자체가 신뢰를 얻을 수 있다.

이를테면 대사를 직접 인용하면서 캐릭터의 성격을 상세하게 분석하는 일, 매우 바람직하다. 철학책의 한 문단을 직접 인용하면서 해당 저자의 세계관을 찾아내는 일, 역시 바람직하다. 소설책의 문장을 서너 개, 혹은 대여섯 개 직접 인용하면서 묘사의 아름다움이라는가 작가의 시선을 강조하는 일, 참 바람직하다.

직접 인용이 익숙하지 않다면 간접 인용을 할 수도 있다. 이 책에서 중심적으로 알려드리는 내용은 아니지만 인용이 나왔으니 표절에 대해서도 한 번쯤은 짚고 넘어갈 필요가 있다. 앞에서 수록 면수를 함께 기억해야 한다는 말은 직접 인용할 때 각주를 달아야 하기 때문이다. '누가 뭐라고 말했다'라든가 '이 책에 무슨 구절이 있다'는 언급에는 반드시 상세 각주가 달려야 한다. 어느 책의 어느 페이지인지, 누가 말한 혹은 쓴 이야기인지 각주가 달려야 한다. 나중에 면수가 생각이 안 나서, 혹은 분명히 봤는데 어디서 누가 한 말인지 기억이 안 나서 못 쓰는 경우가 있다. 그러므로 인용의 후보들을 추릴 때에는 책의 서지라든가, 면수 등을 함께 기억하자.

서평러들에게 많은 질문을 받는 부분이 바로 이 인용, 혹은 참조의 부분이다. 특히나 유명한 영화라든지 책, 작품의 경우에는 엄청나게 많은 자료가 이미 존재한다. 그중에는 영화평, 서평 역시 상당히 많다. 잘 정리되어 있는 블로그 글 몇 편을 읽고 나면, 우리는 도움을 받기도 하고 반대로 지장을 받기도 한다. 우선, 어려운 대상 텍스트를 블로그의 설명 등을 통해 쉽게 이해한다는 장점이 있다. 그런데 반대로, 블로그에 써 있는 내용을 읽고 나면 더 이상의 생각이 진전되지 않는다. 딱 그 이야기가 맞는 것 같고, 참 잘 쓴 것 같고, 다 동의하는 상황이 되어버리는 것이다. 많은 사람들이 이 부분에서 블로그를 표절하게 되는 유혹에 빠진다. 저 이야기 이외의 이야기를 자신이 할 수 없을 것이라고 생각해버리기 때문이다.

이러면 곤란하다. 남의 논리와 글을 깨고 나와야 자기 서평을 쓸 수 있다. 오히려 블로그에 들어 있는 설명을 지지대 삼아 더 많은 내용을 다각도로 살펴보려고 해야 한다. 새로운 생각이 들지 않을 때는 일부러 삐딱한 시선으로 출발하는 것 역시 방법이다. 다른 시각에서 다르게 해석할 수는 없는 것일까, 자꾸 비판적으로 질문을 던지는 것이 타인의 의견에 안주하는 것보다 훨씬 낫다.

• 분석의 핵심 – 책은 '꽃'이다!

우리는 책을 일종의 '꽃'으로 보아야 한다.
꽃이 피기 위해서는 뿌리, 줄기, 가지가 생성되어야 한다.
책도 마찬가지다.
책은 오랜 시간 뿌리와 꽃대가 밀어낸 '꽃'이다.
꽃이 피어나기 위해서는 반드시 '토양'과 '햇빛'이 필요하다.
책을 제대로 평가하려면 책을 피워낸
이 토양과 햇빛을 잊어서는 안 된다.

이제 구체적인 사례를 들어 분석을 해보자. J.R.R. 톨킨의 대작 《반지의 제왕》을 대상으로 서평을 쓴다고 치자. 그러면 뭘 분석해야 할까. 이 책의 구성 요소들이 뭔지 조목조목 적어놓고 그중에서 중요한 것들만 추려야 한다. 작업을 보다 용이하게 하려면 다음과 같은 표를 참조할 수 있다.

책 분석에서 고려 가능한 요소들

우리가 읽은 그 책		
저자 • 작가의 세계관 / 이론 • 생애 • 공부한 것	**시대** • 시대적 배경 / 의의 • 역사적 배경 / 의의	**기타** • 작가의 전작 • 라이벌 • 선생님과 학풍 등

이 표에서 중요도는 왼쪽부터 〈저자〉-〈시대〉-〈기타〉 순이다. 주의사항. 위의 고려 요소들을 고려하는 것은 바람직하다. 그러나 모든 요소를 한 편의 서평에 모두 다 담으려고 하면 글이 지저분해진다. 〈저자〉는 꼭 넣고, 〈시대〉는 가급적 넣고, 〈기타〉는 필요하면 넣는 쪽으로 생각해보자. 이렇게 정리하여 기억하자.

앞의 절에서 영화의 구성 요소들이 모여 한 편의 영화가 된다고, 이미 설명했다. 감독, 배경, 숏, 대사, 캐릭터, 배우, 음향, 촬영 기법, 소품 등이 모두 구성 요소라고도 설명했다. 그러면 책의 경우는 어떠할까.

책은 문학이냐 비문학이냐, 문학이면 어떤 문학이냐, 비문학이면 어떤 비문학이냐에 따라서 고려할 요소들이 달라진다. 일반적으로 말하자면 문체, 번역, 편집, 장절 구성, 도표나 삽화, 자료 및 출처, 줄거리, 주제, 세계관 등등이 조목조목 살펴보아야 할 대상들이다.

그런데 가장 중요한 포인트를 지적하고 넘어가야 할 필요가 있다. 우선, 읽는 사람은 책을 일종의 '꽃', 그것도 '미지의 꽃'이라고 보아야 한다. 책은 어느 날 하루아침에 뚝딱하고 생겨난 것이 아니다. 하나의 책을 만들기 위해서 저자는 몇 년을 애썼을 수 있다. 그 책을 만들기 위해 저자는 몇 십 년 전부터 생각을 가다듬었을 수도 있다. 그리고 그 책은 저자, 저자가 살아왔던 한 시대, 저자가 경험하고 받아들였던 많은 지식과 생각과 무관하게 존재할 수 없다. 이를테면 땅속에 심어졌던 씨앗(저자의 생각)이 주변(시대)에서 양분을 받아들여 조금씩 발아하고 천천히 가지를 뻗어 한 편의 꽃(책)을 피웠다고 보아야 한다. 방점을 찍자. 여기서 '꽃'이 바로 우리가 읽고 서평을 써야 하는 바로 그 '책'인 것이다.

그래서 앞의 표를 준비했다. 이 표를 보면 책은 일종의 토양들 위에 놓여 있다. 책을 읽기 전에 먼저 읽어야 할 부분은 바로 이 토양이다. 이 책에서는 토양을 간략하게 〈저자〉, 〈시대〉, 〈기타〉로 나누어서 제시했다.

여기서 잠깐, 왜 '꽃'에 대한 평가를 쓰는 사람이 '토양'까지 읽어야 할까?

왜 '서평'을 쓰는 사람이 '저자, 시대, 기타'까지 고려해야 할까?

만약 우리가 "이 꽃은 어떤 가치가 있는 꽃이다"라고 판단하기 위해서는 우선 무슨 꽃인지 명확하게 품종과 학명을 파악해야 한다. 어디가 원산지이고 어떠한 특징이 있는지를 알아볼 수도 있다.

그 다음, 꽃의 가치를 말하기 위해서는 어떻게 해야 할까. 가치 판단은 딱 '꽃' 하나만 보고 이루어질 수는 없다. 예를 들어 쓰나미가 쓸고 지나간 해변에 제비꽃 몇 송이가 겨우 살아남아 바람에 나부끼고 있다고 보자. 이 제비꽃에 대하여 우리가 작다고 비난할 수 있을까. 아니면 역경을 극복하고 살아남아 대단하다고 말할 수 있을까. 이런 제비꽃은 실용적으로 아무 쓸데가 없으니 무가치한 것일까. 아니면 절망한 사람들이 다시 일어나도록 독려하는 희망의 상징이 될 수 있을까. 이런 점들을 생각한다면 제비꽃에 대한 평가에 앞서, 우리는 그것이 피어난 시대나 상황을 고려하지 않을 수 없다. 책도 마찬가지다. 그 책이 발간되고 읽히고 반향을 일으킨 그 당대, 그리고 당대를 살았던 저자의 특징 등을 고려하지 않을 수 없다.

《반지의 제왕》		
저자 • J.R.R.톨킨의 생애와 학문 • 언어학에 대한 관심 • 문학관·세계관	**시대** • 전후 상황 • 유럽 혹은 영국의 상황	**기타** • 《호빗》 • 환상 소설의 계보 • 〈니벨룽겐의 반지〉 • 북유럽 신화의 세계

책 안에 적혀 있는 내용만 가지고
서평을 완성한다는 생각을 버려라.
서평을 정말 잘 쓰려면, 책에 쓰여 있지 않은
'책의 내면'을 읽어야 한다.

배운 내용을 직접 작품에 대입해보자. '우리가 읽은 그 책'을 '꽃'으로 생각하면서 《반지의 제왕》에 적용해보면 위와 같은 표를 만들 수 있다. 《반지의 제왕》을 읽을 때에는 물론 줄거리, 주요 캐릭터와 그것이 상징하는 바, 주요 사건과 그 의미, 중요한 대사 등등도 중요하다. 분석 과정에서 구체적으로 언급할 수 있다. 그런데 책 안에 있는 내용들만 가지고 서평을 완성한다는 생각을 버려라. 서평을 정말 잘 쓰려면, 책장 안보다 행간, 책장의 글씨들보다 저자의 마음, 책보다 책이 놓여 있는 계보적 의미를 확인해야 한다.

이런 요소들을 글에 들여오면 엄청나게 풍성한 서평을 쓸 수 있다. 대부분의 서평러는 쓸 말이 없어서 고민한다. 그런데 책에 적혀 있는 내용과 줄거리, 그 안에서 생각이 쳇바퀴처럼 돌면 당연히 쓸거리가 적어진다. 책을 만든 책의 환경, 책을 만든 저자의 내면 등 분명 책의 일부이면서도 눈에 보이지 않는 부분까지 읽어야 진정 책을 읽었다고 말할 수 있다.

여기서도 주의사항! 모든 것을 다 쓰려고 해서는 안 된다. 위의 모든 이야기를 한 서평에 다 넣으면 서평이 지나치게 길어지거나 흐름이 산만해지고 만다. 취사선택하기 위해서는 선택지가 풍부한 편이 좋다. 서평을 쓸 때는 위와 같이 표를 만들자. 그것을 보면서 서평러들은 서평에 담길 분석들을 구체화할 수 있을 것이다.

이제부터는 친절한 설명 편이다. 앞의 표에서 '저자' 부분을 보자. 서평에서는 저자 파악과 저자 언급이 몹시 중요하다. 서평쓰기에서 저자 파악하기가 핵심인 이유는, 저자의 세계관이나 철학관, 그의 집필 의도야말로 책의 기둥이기 때문이다. 따라서 우리는 저자에 대한 철저한 뒷조사에 들어가야 한다. "이 사람은 대체 왜 이런 책을 썼을까?", "왜 이렇게 이야기했을까?", "여기서의 중요 내용은 무엇이고, 그 내용을 피력한 의도는 대체 무엇일까?" 그 과정에서 우리는 자꾸 궁금해해야 한다. 책이 어려우니까 사실 많은 독자들이 겨우 책의 내용을 이해하고 수용하기에 바쁘다. 그러나 서평러라면 그 책과 저자를 장악하려고, 적어도 시도는 해야 한다. 왜냐하면 책에 끌려만 다니면 결코 책에 대해 '평가'를 할 수가 없다. 평가를 주저주저하면 서평은 흐물흐물해진다. '책의 이면을 간파하고 그 결과를 한 줄로써 요약하겠다!' 이런 목적을 가지고 저자와 책을 연관해서 읽기 바란다. 책의 의도랄까 방향을 파악하는 가장 좋은 키워드가 바로 저자니까 말이다.

우리는《반지의 제왕》을 읽으면서 중심인물 '프로도'와 '간달프'를 생각하기 전에 '저자'와 친해져야 한다.《반지의 제왕》저자인 J.R.R. 톨킨은 영문학자이며 대학 교수로서 언어학에 정통한 사람이었다. 그는 북유럽 신화와 그 신화의 룬문자에도 대단한 관심이 있었으며 전쟁 상황에 마음 아파한 인물이기도 했다. 저자 뒷조사를 하면서 우리는 여러 가지 의문점을 떠올리고 그것을 메모에 적어놓아야 한다.

"하필 문헌학자이면서 언어에 관심이 많았던 인물이 왜 환상 소설을 썼을까?"

"저자가 살았던 당시는 세계대전이 발발하기도 했는데 이 전쟁은 소설과 관련이 있을까?"

"선악 구조를 만들고 그 갈등을 결국 선의 승리로 끝낸 이유는 무엇일까?"

"그는 어떤 세계관을 가지고, 소설 속 세계를 만들었을까?"

책을 읽거나 조사를 하면서 우리는 계속 질문을 던지고 그것의 답을 찾아가는 과정을 거쳐야 한다. 이래야 책 이해도 잘 된다. 나아가 우리가 던지는 질문들은 책의 핵심을 끄집어내고, 그에 대해서 한 줄 판단을 내리는 데 도움이 된다.

다음으로는 앞의 표에서 〈기타〉에 해당하는 내용들을 보자. 가치 평가라는 것은 절대적이기보다는 상대적인 경우가 많다. 따라서 '무엇에 비추어서' 혹은 '어디에 견주어서' 평가하는 것은 지적인 데이터베이스가 적은 사람들에게 상당히 효율적인 작업이다. 어디에 비추어, 비교하면서, 견주면서 의미를 찾아볼 수 있을까? 해당 텍스트와 유사한 현대의 것, 유사한 과거의 것, 정반대인 현대의 것, 정반대인 과거의 것 등등을 떠올리면서 견줄 수 있다. 예를 들어 《반지의 제왕》처럼 반지가 주인을 찾아 떠돈다는 유럽의 전설 〈니벨룽겐의 반지〉는 어떠할까. 이렇게 오래된 이야기와 비교하는 내용을 한 문단 정도 서평에 넣을 수 있다면 현대 문학으로서의 《반지의 제왕》이 가진 의미는 부각될 수 있다. 또는 유사하게 환상 소설인 《나니아 연대기》나 《해리포터》가 지닌 환상 소설의 기능을 간략히 언급하면서, 그것들과 《반지의 제왕》이 지닌 차별성/유사성을 언급한다면 이 소설이 지닌 특징이 확실해질 수 있다.

철학서이든, 문학이든 '전작'에 대한 언급은 〈기타〉 부분에서 가장 중요한 작업이다. 예를 들어 박완서의 첫 작품인 〈나목〉을 알고 있는 사람과 모르고 있는 사람은 박완서의 다른 작품에 대한 견해가 다를 수 있다. 전작들에서 어떤 작업을 해왔으며, 그 작업이 이 책에서 '어떻게 유지되고 있는지 / 어떻게 변화되고 있는지 / 어떻게 진화되고 있는지'를 언급한다면 이 책의 의미는 보다 명확해진다. 특히 사상 체계는 점진적으로 변화하거나 진화하며, 문학적인 세계관 역시 과거를 바탕으로 변화하기 때문에 과거의 책들을 알아야 오늘 우리가 읽는 이 책을 제대로 파악할 수 있다.

끝부분, 바야흐로 평가의 차례

지금까지 배운 바를 정리해보자. 서평의 중간 부분에 들어가야 할 것은 줄거리 요약이다. 이건 기본이므로 한두 문단 정도로 요약하는 일을 힘들게 생각하지 말자. 다음으로 중간 부분에서 해야 할 것은 분석이다. 분석할 때는 책만 보지 말고 책의 주변까지, 전후까지, 과거까지, 저자까지 포함시켜야 한다. 그리고 여기서 제시된 표 등을 참조하면서 책의 중요 분석 내용을 추려보기 바란다.

줄거리 요약과 분석까지 끝내면 이제 '평가' 차례다. 평가는 대개 서평의 끝부분에 위치한다. 그리고 평가야말로 내용상 짧지만 가장 중요한 서평의 '초, 울트라, VIP 핵심'이다. 이 한 줄을 위해서 지금껏 서평은 달려왔다고 볼 수 있다.

대부분의 서평러, 게다가 모범적인 유형일수록, 서평의 평가 부분을 어려워한다. 정확히 말한다면 위축된다. '감히 내가', 혹은 '틀리지 않을까'라는 두려움 때문이다. 그러나 책에 대한 평가에는 정답이 없다. 서평 과제는 단답형 정답 맞히기 시험이 아니다. 어떤 책은 누군가에게 최고의 책이 될 수도 있고, 다른 이에게는 최악의 책이 될 수도 있다. 대중의 오래된 명작이 내게도 명작이 될 수 있고, 아닐 수도 있다. 누군가는 그 책에서 초록색을 읽어낼 수도 있고, 누군가는 같은 책에서 노란색을 읽어낼 수도 있다.

서평 과제를 쓸 때는 지나치게 전문가적인 척할 필요도 없고, 지식이 적고 세계관이 확립되지 않았는데 들킬까 날을 세울 필요도 없다. 그저 자신의 수준에서 성실히, 다각도로 읽고 조사하고 생각하면 된다. 이후, 평가할 때에는 다음과 같이 목표를 설정해보자.

- 이 책에 '새 이름'을 붙여준다.
- 이 책을 '복권(復權)'해준다.
- 이 책을 '재발견'한다.

서평 쓸 때 대상 책에 대한 새로운 수식어를 고안해보자. 내가 이 책에 대해 다른 제목이나 부제를 단다면 뭐라 명명할까. 책에서 열심히 저자가 했던 일의 의미를 뭐라고 이름 붙일 수 있을까. 이런 생각을 해보자. 그리고 얻은 생각을 하나의 단어가 아니라 조금 긴 어구로 만들면 평가에 가까워진다.

부록

서평 쓰기 실전 활용 꿀팁

1 책 분야에 따라 꼭 다뤄줄 차별화 리스트

책의 유형에 따라 강조 포인트가 달라진다. 서평러의 대상 텍스트가 문학 작품일 경우와 학술서일 경우 포인트와 전제는 다음과 같이 다르다.

문학의 일부, 예를 들어 '소설'에 대해 서평을 쓴다고 해보자. 소설은 뭐냐. 이것은 조물주 - 소설가가 만들고 부수고 다시 만드는 그의 세계다. 어디까지나 조물주가 소설가라고 생각해야 한다. 그럼 그 세계의 세계관은 지금 이 세계와 흡사하지만 다르다. 그 세계의 모습과 문법과 목적은 우리 세계와 흡사하지만 다르다. 그 세계는 조물주가 만든 유기체와 같다. 그 유기체의 존재 의의를 조물주의 뜻과 함께 생각해보기. 이것이 소설 서평의 기본 전제다.

비문학, 즉 학술서의 경우로 옮겨 가자. 학술서란 뭐냐. 이것은 공부해서 쓴 거다. 공부의 과정 역시 뿌리와 생장점이 있다. 누가 누구에게 무엇을 배워 어떻게 자기만의 가지 - 개념, 이론, 학설, 의도로 나아갔는지 살펴보아야 한다. 학술서는 대개 딱딱하고 재미없다. 그에 대한 서평 역시 드라이하게 쓰는 편이 어울린다. 냉철하고 비판적으로 서술한다, 정도로 이해하면 쉽다. 반대로 문학 관련 서평은 그보다 덜 드라이한 서술체, 즉 보다 촉촉한 문체도 가능하다.

문학적 텍스트를 서평 대상으로 할 경우

- 전작 및 전작의 특성을 언급하고 전작과의 차이점을 밝힐 것
- 전체적인 의미를 두세(혹은 서너) 단어로 '명명'할 것
- 나만의 주체적인 용어를 사용하도록 시도해볼 것
- 작가의 세계관을 드러내기 위해 노력할 것

여기서 가장 중요한 팁은 마지막에 있다. 작가의 세계관을 드러내기 위해 노력해보자. 세계관은 눈에 보이지 않는다. 소설의 어느 구절에도 작가의 세계관은 구체적인 단어로 밝혀져 있지 않다. 이렇게 눈에 보이지 않지만 어떤 가치를 담고 있는 단어를 우리는 '주상적'이라고 말한다. 추상적인 것은 눈에 쉽게 잡히지

않는다. 그럼에도 불구하고 우리는 이 추상적인 본질을 잡으려고, 서평에서 무던히 애써야 한다. 문학적 텍스트에서는 작가가 지닌 세계관 - 이를 조금 변용하면 예술관, 인생관, 문학관 등 - 이 바로 그 텍스트의 의미를 좌우할 수 있다. 물론 세계관이 훌륭하다고 해서 텍스트가 바로 훌륭해지는 것은 아니지만, 세계관을 가지고 텍스트의 본질적 의미에 대해 말할 수는 있다. 따라서 눈에 보이지 않는 바로 그것, 작가가 지닌 세계관이나 작품이 지닌 관념을 언급하고 그에 대해 말하고자 시도해야 한다.

학술적 텍스트를 서평 대상으로 할 경우

- 학풍의 흐름에 주목할 것
- 시대적인 의의에 주목할 것
- 저서의 키워드를 분명히 드러낼 것
- '지금, 우리'에게 시사하는 바를 자신의 관점에서 명확히 쓸 것

학술적 텍스트는 대개, 저자의 오랜 공부 위에 세워져 있다. 그런 경우에는 저자가 무슨 공부를 했는지 살펴보면 평가에 도움이 된다. 그가 어느 학계에서 어떤 역할을 했는지, 어떤 학풍을 어떻게 변화시켰는지 등을 보면서 이 책이 어떤 결실인지 찾

아낼 수 있다. 또한 이 책의 시대적인 역할 역시 서평 평가의 빛나는 한 줄이 될 수 있다. 책이 오래되었다면 당대 그 책이 그 시대, 그 사회에 어떤 경종을 울렸는지 살펴보라. 혹은 과거 말고 현대에 이 책이 다시 읽히는 이유에 대해서 생각해볼 수도 있다. 지금 우리 시대에 이 책을 읽어야 하는 이유라든지, 이 책을 읽으면서 비판적으로 생각해야 할 부분이 어디인데 그 이유는 무엇이라든지, 이렇게 시대와 책을 연결하면 책에 대한 평가가 명확해지기도 한다.

〈문학적 텍스트를 서평 대상으로 할 경우〉와 〈학술적 텍스트를 서평 대상으로 할 경우〉를 나누어 설명했지만, 모든 서평 쓰기에서 적용되는 주의사항 역시 간과할 수 없다. 지금까지 설명한 주요 골자를 포함, 일반적인 서평 쓰기에 있어서 수시로 점검해야 할 체크 포인트는 다음과 같다.

공통 주의사항

- 대상 텍스트를 확정하고 정확한 정보를 제공하라.
- 사전 조사 없이 텍스트만을 가지고 쓰겠다는 생각을 버려라.
- 저자에 대해 충분히 공부하라.
- 단 한 줄이라도 나의 '판단'이 있는지 확인하라.

• 제목을 가장 마지막에 쓰라.

이 중에서 새로운 주의사항은 맨 마지막 항목, '제목을 가장 마지막에 쓰라'는 것이다. 왜 제목을 마지막에 써야 할까. 궁금하신 분들은 다음 꿀팁 '2. 딱 봐도 서평티 폴폴 - 서평 제목 쓰기'로 넘어가시면 된다.

2 딱 봐도 서평티 폴폴 – 서평 제목 쓰기

우리는 글을 쓸 때 가제목(임시 제목)을 미리 붙여놓고 시작한다. 그래야 글의 방향이 흔들리지 않는다. 그런데 진짜 제목은 글을 다 쓰고 나서 반드시 다듬어야 한다. 왜냐하면 글이란 항상 예상처럼 흘러가는 것은 아니기 때문이다. 중간에 살이 붙을 수도 있고, 생각이 바뀔 수도 있다. 다 쓰고 나서도 다 쓴 것이 아니다. 제출하기 전까지는 수정에 수정을 거듭할 수 있다.

글을 다 쓴 다음에 자신의 글을 최대한 낯설게 읽어보는 것이 좋다. 마치 남이 쓴 글처럼 읽으면서 키워드나 주요 주장에 밑줄을 그어보자. 그리고 그 키워드와 주요한 문장을 가지고 서평의 제목을 다시금 짜보면 효과적이다. 서평의 제목은 너무 짧아도 좋지 않다. '지구인'이라든가 '지구인과 화성인' 이렇게 명사 한두 개만 가지고 제목을 만들면 서평의 방향이 전혀 느껴지지 않는다.

그렇다면 어떤 제목이 좋을까. 서평 제목에는 책의 키워드가 아니라, 서평의 키워드가 들어가야 한다. 그 책을 내가 어떻게 읽었는지, 읽으려고 했는지 해석의 방향이 보여야 좋다. 다음과 같은 제목 예시를 보면서 검토해보자.

❶ 무중력에서 찾은, 삶으로의 중력
-「그래비티」(2013)를 보고

❷ 어머니를 사랑한 피노키오
-「A. I.」(2001)를 보고

❸ 안개 속에서
-영화「미스트」(2008)를 보고

어떤 제목이 좋은 제목일까. 일단 ❶, ❷는 영화평, 서평 등 비평에 어울리는 제목이다. ❷번 제목이 조금 평이해 보이지만, 해당 글의 본문과 잘 어울리고 성실한 해석이 반영되어 있어서 좋다. 영화에 나오는 인조인간을 '피노키오'로 해석했다는 점이 제목에 암시되어 있다. 나름 새롭게 해석한 흔적이 보인다. 그리고 보통 '피노키오'는 제페토 할아버지를 연상시키는 단어인데, 참

신하게 '어머니'와 '피노키오'를 연결한 점이 새롭다.

그런데 ③번 제목은 수정이 필요해 보인다. '안개 속에서'라고 말하면 무슨 의도를 담고 있는지 너무 모호하다. 앞서 말했지만 너무 짧은 제목, 너무 긴 제목은 다시 생각해볼 필요가 있다. ③번 제목은 너무 짧아서 글의 의도가 충분히 드러나지 않은 예시라고 하겠다.

제목에는 책의 키워드가 아니라, 서평의 키워드가 들어가야 한다. 그 책을 내가 어떻게 읽었는지, 읽으려고 했는지 경향이 보여야 좋다. 해석의 결과, 평가의 결과가 은연중에 드러나야 좋은 제목이라고 할 수 있다. 그러므로 자신이 쓴 글을 읽어보면서 3~5개 사이의 키워드를 뽑아서 이리저리 배치해볼 필요가 있다.

서평의 제목은 논리적이며 학술적인 소논문의 제목과는 달리 조금 감각적이거나, 비유적이어도 괜찮을 때가 있다. 특히 대상 도서가 문학 작품일 경우에는 더 그렇다. 예술적인 텍스트를 읽고 평가할 때 그 평가자는 예술 세계에 흠뻑 빠져 있을 수 있다. 그러면 제목은 명쾌하기보다는 은유적으로 흐를 때가 많은데, 지나치게 모호한 경우가 아니라면 감각적이며 은유적인 제목도 시도할 수 있다. 물론 지나치게 감상 중심, 영탄적인 표현은 자제해야 그 글이 감상문으로 오해받지 않는다.

앞서 예로 든 3개 제목은 모두 영화평의 제목들이다. 이 제목들에는 공통점이 있다. 바로 부제의 형식이 비슷하다는 점이다. 서평에서 부제는 대상 콘텐츠를 지시하는 경우가 많다. 책 제목, 영화 제목같이, 평가하고자 한 콘텐츠의 제목이 부제에 명시된다. 이때 자주 등장하는 형식은 다음과 같다.

- 「작품명」(개봉 연도)을 보고
- 「작품명」(출간 연도)을 읽고
- 「작품명」(개봉/출간 연도)에 대하여/관하여

이와 같은 부제들이 자주 사용되고 또 적당하다. 영화평에는 '~을 보고'라는 부제, 서평에는 '~을 읽고'라는 부제가 좋겠다. 그리고 '~에 대하여'나 '~에 관하여'라는 말을 쓸 수도 있다. 물론 다음과 같은 부제도 가능하다.

고독을 잃어버린 시대의 지침서

(김연수, 『여행할 권리』의 서평)

이런 표현도 가능하다. 부제 자리에 괄호를 넣어 '서평'임을 명시한 것이다. 또한 아래의 예시처럼 부제 자리를 보다 적극적으로 활용할 수도 있다.

불안에 대한 불안한 시선

(알랭 드 보통, 『불안』, 정영목 옮김, 은행나무, 2011)

위와 같은 제목도 깔끔하다. 앞서 말했지만, 책의 서지를 확실하게 적어서 텍스트를 명시하는 일은 서평의 기본적이고 중요한 작업이다. 만약 위와 같이 서지사항을 미리 밝히지 않는다면, 문장으로 글을 써나가면서 자신이 선택한 텍스트의 서지사항을 밝혀주거나, 각주로 달아줄 필요가 있다.

알랭 드 보통의 《불안》을 읽고

– 불안은 개인의 힘으로 해결될 수 없다.

위 제목에는 잘못된 점이 2가지 있다. 무엇인지 알겠는가? 제목에 대해서 산략히 배웠다면 바로 위의 제목을 평가해보자. 과제물에서 이런 스타일의 제목을 쓰는 친구들이 많다.

우선, 제목과 부제의 자리가 바뀌었다. 사소해 보이지만 신경써야 할 부분이다. 부제 자리와 제목 자리를 바꾼다면 위 서평의 제목은 "불안은 개인의 힘으로 해결될 수 없다"라는 문장이 된다. 서평의 경우 문장이 제목이 되는 경우가 많다. 잘 뽑은 문장은 충분히 제목으로 삼을 수 있다. 여기서 사소하지만 주의해야 할 점이 있다. 문장이 통째로 제목이 되는 경우에는 마침표를 찍지 않는다.

다음으로 위의 제목이 책에 대한 평가 그 자체와는 거리가 있다는 점이 문제다. 이 책을 읽고 나서 "불안은 개인의 힘으로 해결될 수 없다"는 생각을 할 수 있다. 그런데 서평의 최종 목적지는 그런 생각이 아니라, 그런 생각을 하게끔 하는 '책의 가치'가 되어야 한다. 이 서평러가 응당 말해야 하는 내용은 이런 것이다. "① 많은 사람들이 일반적으로 알고 있는 바로는 불안이란 지극히 개인적인 문제이다. ② 그런데 이 책을 읽어보니 불안이라는 감정은 개인의 감정이 아니라 구조적이며 사회적인 문제이다. ③ 이렇게 새로운 인식을 이 책을 통해서 하게 되었다. ④ 그래서 이 책은 사회구성원들이 구조적인 불안을 극복하기 위해 행동할 실마리를 던져주는 좋은 책이며 젊은 세대들이 더욱 더 읽어야 할 책이다." 자, 이와 같은 생각의 흐름에서 서평러가 제목으로 드러내야 할 점은 ④, 맨 마지막 문장이다. ④까지 못 담는다 해도 적어도 ③의 이야기까지는 담고 있어야 한다. 그런데 이 서평의 제목에는 ②의 이야기만 담겨 있다. 책에 대한 평가가 제목에 암시되어 있지 않고, 그 평가 전에 자신이 얻은 큰 깨달음에 그치고 있다. 서평은 '불안은 구조적인 것이다' 내지는 '불안은 개인의 문제가 아니다'라는 주장을 증명하는 데 목적이 있는 것이 아닌데, 위의 제목만 봐서는 논증문처럼 보인다. 서평은 내가 판단한 이 책의 기능이나 의의, 책에 대한 자신의 평가, 이 책에서 얻어낸 최대 혹은 최저의 소득 등이 적혀 있어야 한다. 나아가 책 제목 역시 그러하다.

제목의 일종으로 목차 역시 마찬가지다. 사실 서평에 목차를 쓸 일은 별로 없는데 긴 글이라면 이야기가 달라진다. 목차를 작성하는 긴 서평을 쓰실 분만 보시면 된다. 구체적으로 보자. 다음과 같은 목차는 제출하기에 적절하지 않다.

영화 〈델마와 루이스〉를 보고

1. 들어가며
2. 줄거리
3. 델마와 루이스, 캐릭터 분석

4. 페미니즘 분석

5. 결론

이건 목차의 초안은 될 수 있어도 최종 목차가 이런 식이라면 정말 성의 없어 보인다. 게다가 무슨 말을 하려는 건지 도통 알 수가 없다.

서평에서 목차, 다시 말해서 장이나 절 구분은 절대적인 필요 요소가 아니다. 매끈하게 뽑지 못하겠다면 굳이 장, 절을 세세하게 나누지 않아도 괜찮다. 분량에 따라서는 없는 편이 나을 때도 있고, 분량이 길면 편의상 나눠서 장절 제목을 따로 붙여야 할 때도 있다. 그런데 위와 같은 목차라면 차라리 없는 편이 낫다.

위 목차의 '줄거리'처럼 한 단어로 된 장 제목은 결코 좋아 보이지 않는다. 줄거리에 꼭 장 제목을 붙여야겠다면 그 줄거리를 한마디로 요약하는 몇 어절의 문구를 함께 넣으면 된다. 3장, 4장 제목도 좋지 않다. 서평에서 캐릭터 분석은 필요한 일이다. 그런데 장 제목에는 캐릭터 분석을 한 결과물을 요약적으로, 압축적으로 드러내야 한다. 분석의 내용, 경향, 결과물이 암시되어 있어야 하는데 현재의 장 제목은 '분석하겠다'라는 내용밖에 담고 있지 않다.

4장의 제목도 마찬가지다. 4장에서 말하고 싶은 바를 추측할 수는 있다. 이 목차는 "페미니즘적 시선을 통해 이 영화를 보았을 때 어떠한 성격에 주목할 수 있으며 그 성격을 미루어 보아 이 영화는 어떠한 의미를 지니고 있다"라는 말을 하고 싶은 것이다. 그런데 '페미니즘 분석'이라는 말은 자신의 메시지를 너무 뭉뚱그린 표현이다. 페미니즘이라는 사조를 분석한다는 말인지, 영화에서 드러난 페미니즘을 분석한다는 것인지, 그래서 무엇을 알아냈다는 것인지 대체 알 수가 없다. 영화가 글의 주인공이어야 하는데 영화를 매개체로 삼고 페미니즘을 이야기하려고 했다는 생각도 든다. 그런 글은 영화평이라고 부르지 않는다.

너무 짧은 제목이나 너무 긴 제목은 퇴고할 때 고민해볼 필요가 있다. 쓴 사람 당사자는 그 안에 무슨 내용이 담겨 있는지 너무 잘 알고 있겠지만, 서평을 읽는 사람은 당최 알 수가 없다. 목차를 보면 내용의 흐름과 전모가 짐작되어야 한다는 것을 잊지 말자.

3 쓸 말이 가난할 때 – 비교와 유형화로 똑똑해지기

책이 엄청 어려우면 쓸 말이 부족해진다. '부족'이라기보다는 쓸 말이 아예 없다. 그런데 의외로 책이 너무 쉬울 때, 책의 분량이 적을 때에도 쓸 말은 부족해진다. 혹은 내 지식이 부족할 때, 내가 워낙 과묵한 인간일 때에도 쓸 말이 늘 모자란다.

만성적 분량 부족에 시달리고 계시다면 분명 이 챕터가 도움이 될 것이다. "못 쓰면 못씁니다"라고 말하면 선생이 아니다. 쓸 수 있다! 당신, 서평러는 분명 쓸 수 있다. 그럼, 어떻게 말의 가난을 극복할 것인가.

쓸 말이 가난할 때, 우리에게는 두 개의 호리병이 있다. 〈여우누이〉에서도 〈연이와 버들도령〉에서도 호리병이 위기를 극복하게 해준다. 오늘 우리의 호리병은 '비교'와 '유형화'이다.

우선, 비교 먼저! 자기가 원체 말솜씨가 없다든가 '침묵은 금이 아니라 병'이라고 생각한다면 '비교'를 사랑해야 한다. 우리 집 아이와 옆집 아이 성적을 비교하는 것은 언제고 좋지 않은 일이지만, 글쓰기에서의 비교란 언제고 좋은 일이다.

이를테면 내가 A에 대해서 이야기하고 있다면 늘 '-(마이너스) A'에 대한 이야기를 상기하고 있어야 한다. 그러면서 A의 개념을 설명하는 문단에 '-A'의 이야기를 슬쩍 흘려준다. 예를 들자. 지금 우리가 〈조커〉라는 영화에 대한 평을 쓰고 있다고 해보자. 우리는 반드시 '악'이나 '악당, 악인'에 대해서 이야기할 것이다. 악은 '선'이라는 대립 개념으로 인해 악으로 규정된다. 그렇다면 악을 말하려면 과연 선은 무엇인가를 물어야 한다. 'A'에 대한 논의의 심화는 '-A'에 대한 논의다.

비교만 잘해도 내용이 풍성해지고 명확해질 수 있다. 게다가 비교하기가 버릇이 되면 이야기가 꼬리에 꼬리를 물고 이어진다. 조커의 '악'은 다른 이의 '악'과 어떻게 다른가. 조커의 '선'은 다른 이의 '선'과 어떻게 다른가. 영화의 '선 vs 악'은 현실의 '선 vs 악'과 어떻게 다른가. 이 차별성과 동일성에 대해 논의하면 분석도 따라 나온다.

나아가, A에 대해서 이야기하고 있다면 늘 '과거의 A'에 대한 이야기를 상기하고 있어야 한다. 현대 사회의 '흙수저 - 금수저' 담론을 다룰 때, 과거 중세 사회의 '흙수저 - 금수저'와 비교하는 것은 영리한 행동이다. 2019년의 〈조커〉의 캐릭터를 분석할 때, 호아킨 피닉스의 조커(오늘의 A)와 히스 레저의 조커(과거의 A), 혹은 잭 니콜슨의 조커(더 과거의 A)를 언급하는 것 역시 매우 영리한 행동이다. 영리한 행동이 쌓이면 글이 영리해진다. 이것이 비교를 늘 손에 쥐고 있어야 하는 이유이다.

두 번째 호리병은 '유형화'이다. 우리가 맥주를 마시러 갔다고 치자. 그곳에서 난생 처음 보는 이름의 맥주들을 접했다고 하자. 그 맥주가 어느 유형의 맥주라는 말을 듣는다면 한결 이해와 결정이 쉬워진다. 마찬가지다. 서평의 전제는 독자가 이 책을 아직 읽지 않았다는 것에서 출발한다. 그럴 때 책을 하위 유형으로, 상위 유형으로 묶어서 말해주자. 서평러에게는 할 말이 생겨서 좋고, 내 서평을 읽는 사람은 이해가 빨라져서 좋다.

서평을 쓸 때 말이 가난하다면, 혹 지식이 모자라다면 책을 분류하라. 이 책의 상위 개념을 떠올려라. 어렵지 않다. 대형 서점에 가면 이 책이 어느 섹션에 놓여 있을까? 그걸 생각하면 답이 나온다. 자, 한강의 《채식주의자》에 대해 서평을 쓴다고 하자. 이것은 소설인가 비소설인가. 소설이라면 한국 소설인가 외국 소설인가. 한국 소설이라면 몇 년대 소설인가. 몇 년대 소설이라면 장편인가 중편인가 단편인가. 내용은 현실 삶에 관한 것인가 환상물인가 로맨스물인가 추리물인가. 이런 것을 따지다 보면 책의 정체에 대해서 야무지게 접근할 수 있다.

내가 쥔 이 책이 비소설이라면 대중적 교양서인가 전문적 학술서인가 에세이인가 실용서인가. 전문적 학술서라면 역사학인가 철학인가 문학인가 사회학인가. 학술서는 뒤에 무슨 '학'을 붙여야 할지 고민해야 한다. 유형화를 통해야 책의 정체가 확실해진다. 내용만 붙들 것이 아니라 책이 놓인 좌표를 확인해야 책이 잘 보인다. 비교가 영리한 방법이라면 유형화는 똑똑한 방법이다. 유형화를 잘하면 노련해 보이고 지적인 글을 생산할 수 있다. 서평러라면 안 할 이유가 없다는 말이다.

4 좋은 점수를 받는 서평의 사례

여기서는 예시를 통해 서평 쓰기의 노하우를 익혀보겠다. 나아가 서평 쓰기뿐만 아니라 공연평, 영화평도 서평 쓰기의 응용편으로 잠시 배워보자. 서평 쓰기가 너무 어렵다면, 또는 책 한 권을 다 읽는 것 자체가 너무 부담된다면, 영화평이나 공연평부터 연습해보는 것도 좋은 방법이다. 모든 경우가 다 그런 것은 아니지만, 신세대 학생일수록 글보다 영상물을 더 수월하게 받아들이는 경향이 있다. 반드시 급하게 하나의 책을 읽고 서평 과제를 내야 하는 학생이 아니라면, 서평 쓰기를 차근차근 연습해서 결국 잘 쓰고 싶은 열망이 있다면, 공연평이나 영화평부터 시작하기를 추천한다.

아래에서 공연평은 연극비평가의 글이다. 그리고 소설《숨그네》서평과 이론서《불안》서평은 대학교 1학년 학생의 글이다.

과제를 준비하는 대학생, 혹은 수준 높은 서평을 써보고 싶은 고등학생은 이 글을 참조할 수 있다. 자기와 비슷한 연령의, 그러나 잘 쓴 글을 읽는 것은 쓰기에 실질적인 도움이 된다. 그래서 윤문하지 않고 거의 전문을 제시하려고 했다. 단, 블로그 서평을 준비하는 분이라면 아래 예시를 건너뛸 수 있다.

공연평 예시

기억은 기억하고 있다

– 연극《레이디 맥베스》(2013)

1998년 초연 이래 한태숙 연출가의 대표작으로 꼽히며 재공연 때마다 관심의 주인공이 된《레이디 맥베스》가 올해 15주년 기념 공연을 갖는다. 이 작품은 극단 '물리'의 창단 공연 때부터 큰 반향을 불러일으키기 시작해, 1999년에는 서울연극제 작품상, 연출상, 연기상 등을 휩쓸었고 2002년 폴란드 〈콘탁 국제 연극 페스티벌〉에 공식 초청, 2010년 5월에는 싱가포르 아트페스티벌에 공식 초청되어 세계적으로 인정받는 작품으로 평가되었다. 또 올해 3월 뉴질랜드와 호주의 공식 초청공연으로 이어지는 등《레이디 맥베스》는 시간과 언어, 국경을 초월해 세계적으로 인정받은 작품이라고 할 수 있다. '셰익스피어 다시쓰기'에서 출발하여 '오브제극(물체극)'이라는 시도를 통해 독특한 연극 미학을 보여주는 〈레이디 맥베스〉는 처음 이 연극을 보는 관객들의 관극의 지평을 넓혀줄 뿐만 아니라

이 공연을 기억하는 사람들에게도 새로운 묘미를 줄 것이다. → ❶ 문단

(…중략…)

한태숙의 《레이디 맥베스》는 왕이 되고자 하는 욕망의 노예가 되어버린 왕 맥베스가 아니라 원작에서 죄책감으로 자살하는 '레이디 맥베스'에 주목하여 그녀를 주인공으로 무대화한다. 애초에 야심은 있었으나 실천하려는 능력은 부족했던 맥베스는 레이디 맥베스의 강인함 덕분에 인간적인 번민을 멈추고 살인을 저지를 수 있었다. 그러나 정작 왕이 된 맥베스가 미래에 대한 불안 때문에 위험인물들을 처단할 때, 레이디 맥베스는 죄책감에 시달리다 결국 몽유병 환자로 생을 마감하고 만다. 연극《레이디 맥베스》의 무대는 그런 레이디 맥베스의 무의식 그 자체이다. 이 연극은 전의가 맥베스 부인의 불면증을 치료하는 과정으로 진행되며 최면술로 인해 자신의 내면을 쏟아내는 그녀의 모습을 물체극과 구음, 타악 연주와 함께 구현해낸다. 병을 고치기 위해 트라우마를 건드리고 기억과 죄책감과 양심을 고백하게 하는 이 혼돈의 무대는 불확실성의 세계와 파편화된 정신세계를 시각, 청각, 후각, 촉각 등의 감각을 통해 표현하고 있다는 점에서 이색적이다. → ❷ 문단

무대는 어두침침하고 눅눅하며 음침하고 불길하다. 관객의 눈앞에 실재하는 이 공간은 보이지 않는 무의식의 공간이자 끊임없는 밤의 세계이다. 남편을 왕으로 만들기 위해 손에 피를 묻힌 레이디 맥베스의 혼돈이 이 무대 위를 떠돈다. 욕망 뒤에 남은 것은 불안과 공포 그리고 추악한 기억이다. 살아 있는 한 잠을 잘 수 없는 그녀는 기억 속을 떠돌며 분열한다. 이 연극에 등장하는 인물들은 레이디 맥베스를 제외하고는 모두 여러 역할을 바꿔가며 연기한다. 전의 역을 맡은 정동환은 맥베스이기도 하고

마녀이기도 하다. 그러니까 그는 레이디 맥베스의 환영 속에 있는 보이지 않는 내면인 것이다. "내가 본 것은 존재하는 것인가?"라는 물음이 거기 오래 맴돈다. → ❸ 문단

맥베스에 대한 사실적인 해석 대신, 끔찍한 사건이 벌어진 이후 내면의 불안과 죄의식을 다루는 한태숙의 무대는 '오브제극(물체극)'을 통해 완성된다. 물체극을 연기하는 이영란은 밀가루와 찰흙으로 던컨 왕과 죽은 사람들을 만들어내고 레이디 맥베스의 내면을 은유하는 그림이 나타났다 사라지게 만든다. 연극의 물질성과 육체성을 구현해내는 가장 역동적인 방식이 이 연극에 있다. 연극에서 다루어지는 사물이 의미를 가진 기호가 될 때, 그것은 소품이 아니라 오브제objet가 된다. 이 연극에서 생생하게 살아 움직이는 오브제들의 운동성과 에너지는 현실과 비현실의 경계를 모호하게 만들고 언어로 포착할 수 없는 무의식과 감각의 영역을 가시화한다. 죄의식과 불안에 사로잡힌 인간의 기억을 무대화한다는 것, 그리고 그 속에서 허우적거리는 인간의 나약함을 보여준다는 것은 우리의 기억이 우리 자신의 것이 아닐지도 모른다는 사실을 암시하는 것인지도 모른다. 인간이 스스로도 감당할 수 없는 죄를 저지르고 고통을 겪게 될 때, 기억은 인간의 의식보다 더 많은 것을 기억하고 있다. 기억은 시간 속에 잠복해 있다가 부지불식간에 찾아와 진실을 들추어낸다. 레이디 맥베스는 이렇게 절규한다. "기억아 살아나지마…… 나를 가만히 놔둬. 죄짓지 않은 사람들이여! 저주받아라! 의심받지 않는 사람들이여! 증오한다!" → ❹ 문단

맥베스를 아이처럼 어르고 달래며 조종하려는 욕망, 그리고 그 뒤에 오는 고통과 환희의 상태를 보여주는 서주희의 연기가 놀랍다. 그녀의 수수

한 얼굴에서 상상할 수 없었던 폭발적인 에너지와 섬뜩한 목소리는 오브제의 역동성은 물론, 타악 연주와 구음과도 절묘한 분위기를 만들어낸다. 레이디 맥베스의 환영 속에서 여러 역할을 연기하는 정동환의 노련한 어조도 극의 완성도에 일조하고 있다. 무엇보다 이 연극의 놀라운 점은 극의 마지막에 관객의 기대지평에 신선한 충격을 주는 장치이다. 그제야 비로소 이 야심의 비극이자 양심의 비극이 맥베스 부부의 것만은 아니라는 사실이 드러나기 때문이다. → ❺ 문단

한 연극이 15년의 시간이 흐르는 동안 잊히지 않고 살아 있다는 것은 놀라운 일이다. 시간이 지나면 초연 때의 생생함이 바래는 연극도 있고 당시에는 날카로웠던 주제 의식이 어느새 무뎌지는 연극도 많기 때문이다. 좋은 작품은 세월의 풍화를 유연하게 넘나들면서도 동시대를 직시할 줄 안다. 긴 세월을 지나온《레이디 맥베스》의 모습을 통해 과거와 현재에 대해 생각해보는 것도 좋을 것이다. 더불어 15년이 지난 후에도 여전히 레이디 맥베스인 서주희와 전의 역의 정동환에게서도 기억의 자취를 확인할 수 있을 것이다. 결국 시간은 기억과 더불어 흐르면서 쌓이고, 쌓이면서 흐르는 것이 아닐까. → ❻ 문단

이 예시는 공연평인 연극 관람평이다. 연극과 책은 사뭇 다르지만, 연극평이든 서평이든 비평이라는 큰 틀에서 겹치는 부분이 있다. 지금까지 서평에 대해 배운 바를 생각하면서 위의 연극평을 함께 읽어보자.

서평에서 우리는 '해당 텍스트를 확정하고, 그것에 대한 정보

를 제공하라'고 배웠다. 그 사항은 위의 ❶ 문단에서 정확히 찾아볼 수 있다. 어떤 연극이냐, 제목은 무엇이고 그 연극의 연출가는 누구인가, 초연은 언제 되었으며, 대외적으로 수상하거나 진출한 상황은 어떠한가 등이 ❶ 문단에 나와 있다. 우리는 서평에서도 이런 정보를 찾아 적을 필요가 있다고 배웠다.

나아가 ❷ 문단에서 전체적인 줄거리의 특징적 요약, 전체적인 구현 방식을 언급하고 있다. 역시 우리는 서평의 본론격인 부분에서 전체 줄거리의 요약이 필요하다고 배운 바가 있다.

그 다음의 문단들은 분석과 평가가 중심을 이룬다. 우리는 책의 구성 요소들을 하나씩 생각하면서 분석할 주요 글감을 찾아보자고 배웠다. 책에서의 구성 요소는 무엇이었나 상기해보자. 문체, 번역, 편집, 장절 구성, 도표나 삽화, 자료 및 출처, 줄거리, 주제, 세계관 등등이 조목조목 살펴보아야 할 대상들이라고 배웠다. 그렇다면 연극의 구성 요소는 무엇일까. 무대장치, 조명, 소품, 의상, 연기, 대사, 연출력, 연출의도, 연출가의 세계관, 배우 등 연극을 만드는 부분들이 무엇인지 떠올려보자. 그러면서 책의 부분을 직접, 간접 인용하면서 분석을 구체화하자고 배운 바 있다. 예시의 ❹ 문단에서도 대사를 직접 인용하면서 연극의 구성 요소들을 분석했다. 무대구성방식, 표현방식을 언급하면서 그것을 구체화하고 의도와 효과를 설명했다. 의도와 효과를 설명하는 것은 연극에 대한 총체적인 평가로 이어질 수 있기에 적절하다. 나아가 ❺ 문단에서는 배우의 연기와 극 마지막의 장치라는 구성 요소들을 분석하고 있다. 그리고 총평으로서의 마지막 문단에서 필자는 연극 전체에 대해서 의의를 부여하고 있다.

대학생 서평 예시 1

당신에게는 손수건이 있나요

- 헤르타 뮐러의 『숨그네』를 읽고

소설가 헤르타 뮐러는 2차 세계대전이 끝난 1953년, 니콜라에 차우셰스쿠가 독재자로 집권하던 루마니아에서 태어났다. 독일계 소수민족 가정에서 성장한 그녀는 강압적인 시골 마을의 분위기 속에서 정체 모를 불안과 공포를 가지게 된다. 이때의 경험은 뮐러의 소설에 지대한 영향을 미친다. 1982년 『저지대』로 문학에 입문한 그녀는 책이 정권에 의해 금서 조치된 이후 남편과 함께 독일로 망명하게 된다. 이후 뮐러 자신과 마찬가지로 강제 추방을 당해 수용소에서 생활한 경험이 있는 오스카 파스티오르의 경험을 바탕으로 소설 『숨그네』(2009)[1]를 쓰게 된다. (→ 서론 격 부분. 책과 저자에 대한 간략한 설명. 책에 대한 상세 서지는 각주로 처리했다는 점에 주목)

---

1) 헤르타 뮐러, 『숨그네(Atemschaukel)』, 박경희 옮김, 문학동네, 2010.

『숨그네』는 오리나무 공원에서 밀회를 즐기는 동성애자 소년 레오가 우크라이나의 강제수용소로 떠나는 장면으로 시작한다. 그리고 강제수용소에서 5년 동안 그가 겪은 괴로움과 고통, 그리고 그 무엇보다도 큰 배고픔을 시적이면서도 생생하게, 덤덤하면서도 잔인하게 풀어나간다. "우리는 수용소에서 두려워하지 않고 시체를 치우는 법을 배웠다. 사후 경직이 시작되기 전에 죽은 이들의 옷을 벗긴다. 얼어 죽지 않으려면 그들의 옷이 필요하다. 그리고 그들이 아껴둔 빵을 먹는다. 그들이 마지막 숨을 거두면 죽음은 우리에게는 횡재다."(136쪽) 이런 구절에서 알 수 있는 것처럼, 레오가 있던 수용소에서 '죽음'이란 먹을 입이 하나 줄어드는 일에 지나지 않았다. 명아주로 배고픔을 달래는 사람들, 굶주림으로 죽어가는 아내의 양배추 수프를 몰래 훔쳐 먹는 남편 등, 죽음이 일상이 되어버린 그들에게 인간성이란 허기보다 앞설 수 없는 것이었다. 이러한 상황 속에서 레오를 '인간'으로서 있게 해준 것은 바로 손수건이었다. 레오는 시내로 동냥을 나갔다가 이름 모를 할머니로부터 손수건을 받았다. 그는 그것을 꼭 지켜내겠노라 다짐했다. 따뜻한 수프로 레오를 맞아준 할머니의 온정, 그의 콧물을 닦아주기 위해 아름다운 손수건을 흔쾌히 내어주던 따뜻함. 한 인간이 다른 인간으로부터 건네받은 온기를 영원히 간직하게 만드는 힘이 바로 그 손수건에 담겨 있었다. (→ 줄거리 요약을 본론격의 맨 앞에 했다는 점 주목, 에피소드를 다 담지 않고 중요한 부분만 뽑았다는 점 주목, 직접 인용을 하고 수록 페이지를 표기했다는 점 주목. 이 3가지는 모두 서평 쓰기에서 꼭 해야 할 요소다.)

이 '손수건'이라는 소재는 뮐러의 경험에서 우러나온 것이다. 그녀는 노벨 문학상 수상 연설에서 "당신은 손수건이 있니요?"라고 묻는다. 이는 그녀의 어머니가 매일 아침 그녀에게 던지던 말이었고, 애정의 상징이 자 사랑의 증표였다. 이처럼, 소설 『숨그네』에는 각각의 언어가 문자 그대로의 의미를 넘어, 우리가 간직해나가야 할 하나의 가치로서 그 역할을 한다. 뮐러가 비밀경찰 세큐리타테의 감시와 박해 속에서 몰래 탈출하면서도 손에서 놓지 않았던 것은 바로 잡지에서 오려낸 '낱말 상자'였다. 피가 멈추지 않는 뮐러의 상처를 오롯이 감쌀 수 있었던 것도, 배고픔과 고통 속에서 죽어가던 주인공 레오를 살려낸 것도 바로 변하지 않는 '언어'의 힘이었다. 뮐러는 아무도 신경 쓰지 않는, 정권과 비밀경찰이 눈길조차 주지 않던 낱말 상자의 낱말들을 조합해 『숨그네』를 작성했다. 보이지 않는 언어의 강력한 힘이 단순한 의미 전달을 넘어, 아픔을 기억하고자 하는 모든 이들에게 끔찍했던 시절을 아름다우면서도 고귀하게 전달한다. 죽음보다도 고통스러운 허기를 표현하기 위해 그녀는 천사라는 단어 앞에 배고픈이라는 수사를 덧붙였다. 숨이 넘어갈 듯 호흡이 가빠지는 들숨과 날숨의 경계에서 그녀는 숨그네를 연상했다. 이런 배고픈 천사가 숨그네를 타는 수용소의 끔찍한 삶에서 레오를 구원한 것 또한, '너는 돌아올 거야'라고 말해주었던 할머니의 한 토막의 언어였다. (→ 소설이 지닌 특징 - 특별한 조어, 언어의 의미를 중시한 점 등을 강조하고 평가한 문단)

뮐러는 수용소에서 생존한 사람들이 그 이후에 어떻게 살아가는지 또한 조명하고자 했다. 레오가 수용소에서 받은 어머니의 엽서에는 새로운 동생의 출생 이외에는 그 어떠한 안부의 말도, 위로의 말도 존재하지 않았다. "내가 돌아왔을 때 반가움보다 놀라움이 컸고, 집 안에 달갑지 않은 안도감이 퍼졌음을 알게 되었다. 나는 살아 있음으로써 그들의 추모 기간을 기만한 것이었다."(303쪽) 이런 구절처럼 그의 죽음은 이미 기정사실

화되었고, 그의 존재는 이미 지워진 지 오래였다. 결국 수용소에서 나오게 되었을 때, 집에 돌아간 레오는 그 '낯선' 환경에 제대로 적응하지 못하게 된다.

수용소에서 겪은 고통스러운 기억들은 그 이후의 삶까지 완전히 지배했고, 레오는 여전히 거기서 빠져나오지 못한다. '뼈와 가죽의 시간'을 극복하고 고향에 돌아간 주인공이지만 그는 이미 지쳐버렸고, 여전히 남아있는 허기는 삶의 균형을 유지시키지 못하도록 방해했다. 파스티오르가 뮐러와 함께 수용소를 찾은 뒤 주문한 음식을 남김없이 해치운 것도, 사라지지 않은 그곳에서의 기억이 그를 과거의 시간으로 박제하고자 했기 때문일 것이다.

『숨그네』에 등장하는 수용소는 말 그대로 혼돈과 고통 그 자체이다. 인간이기를 포기한 사람들이 생활하는 단절된 공간. 한계 상황 속에 인간을 몰아넣고 발버둥 치게 만드는 장소. 수용소에서 생활했던 사람들은 이후에도 계속해서 힘들고 고통스러운 삶을 살아가게 된다. 하지만 이러한 장소는 전쟁이 끝난 이후에도, 독재 정권이 물러간 이후에도 계속해서 우리 인간들 주변에 존재해왔다.

레오는 5년간의 수감생활을 마치고 고향에 돌아갔다. 그럼에도 불구하고 그에게 자기 자신으로서의 삶은 더 이상 존재하지 않았다. 레오는 정착할 곳 없이 방황하며 자신의 삶을 수용소의 그것으로 회귀시키는 일을 반복했다. 이렇듯 수용소라는 공간은 레오의 시간으로부터 벗어나, 미셸 푸코식으로 말하자면 일종의 '헤테로토피아'로서 레오에게 작용했다. 그가 보냈던 고향에서의 삶은 수용소에서 철저하게 파괴되었고, 고향으로 돌아온 후에도 그의 삶은 여전히 허기진 채 붕괴된 시간 속에서 살아가게 된다. 그는 자신의 삶이 있어야 할 공간에서 삶과 죽음 사이의 '숨그네'를 계속해서 타고 있는 것이다.

『숨그네』의 옮긴이는 해설의 마지막에서 독자들에게 다음과 같은 과제를 던진다. "말들의 축제 속에서 복원되는 수용소의 모습을 어떤 식으로 감당할 것인지는 우리의 과제다." 우리는 이 질문에 대한 해답을 레오에게서, 뮐러에게서, 그리고 파스티오르에게서 찾을 수 있다. 계속해서 반복되는 수용소에서의 삶 속에서 레오를 인간으로서 있게 해준 것은 다름 아닌 '손수건'이었다. 낯선 이에게서 받은 친절과 따뜻함이 상실의 시대에서 그의 인간성을 지켜주었다. 고통스런 시간 속에서도 '언어'를 잃지 않았던, 인간성을 상실하지 않았던 파스티오르가 존재했고, 그가 자신의 이야기를 뮐러에게 전달했기에 소설『숨그네』가 다시 우리에게 전달될 수 있었던 것이다.

어쩌면 헤르타 뮐러의 "당신은 손수건이 있나요?"라는 질문은, 반드시 '간직해야 할' 무언가와 함께, 타인에게 '전달해야 할' 무언가를 동시에 의미하는 것일지도 모른다. 전달 받은 것을 반드시 간직하고, 그것을 또 다시 누군가에게 전달하는 손수건의 힘. 그것이 바로 말들의 축제 속에서 복원되는 '수용소'의 모습을 감당할 수 있는 방법이 아닐까 싶다.

학생들이 주로 받는 서평 과제는 짧게는 1매의 감상평일 수도 있고, 길게는 5매 정도의 긴 글일 수도 있다. 위의 서평은 3장 정도의 과제 조건에 부합하는 글이다. 각각의 문단이 지닌 덕목은 문단의 옆에 간략하게 부기해놓았다. 이 글은 잘 쓴 글이다. 1문단에서 저자 소개가 약간 듬성한 부분 외에 학생 수준에서 높은 점수를 줄 수 있다.

이 글을 잘 썼다고 평가할 수 있는 요인은 무엇일까. 서평의 실전에 돌입한 학생이라면 다른 글에 대한 평가가 어떻게 이루어지는지, 무엇을 근거로 상중하를 판단하는지 신경 쓸 필요가 있다. 평가자의 속내를 들어보면 쓰는 학생들도 자신이 주의해야 할 점을 알 수 있다.

우선, 이 글은 문체가 좋다. 문체 부분에서 많은 학생들이 좌절감을 느낀다. 연습을 해도 잘 늘지 않기 때문이다. 그런 학생들에게 용기를 주자면, '문체'는 평가의 절대적인 요소, 최대 요소는 아니다. 우선 비문과 오타를 줄이는 수준까지는 확실하게 도달하면 된다, 이렇게 목표의식을 잡아보자. 아름다운 문체를 완성하는 것은 학생 수준에서 다음의 목표다.

다음으로, 이 글은 학생 수준에서 집중력이 굉장히 좋은 글이다. 여기서 말하는 집중력이라는 것은 '손수건'을 보면 알 수 있다. 1문단을 제외하고 이 글은 줄거리 소개부터 마지막 결론 문단까지 '손수건'이라는 소재에 집중했다. 그 소재가 줄거리에서도 제일 중요했으며, 저자의 경험과 인생과 언어 활용 면에서도 의미심장하며, 마지막 총평에서도 소설의 중요 의도를 상징하고 있다고 봤다. 가장 중요한 것을 찾아내고, 다각적으로 분석하면서, 소설 전체의 의의를 이끌어냈다는 점에서 이 글은 학생 서평으로서의 소임을 다하고 있다.

대학생 서평 예시 2

불안의 실타래 풀기

- 알랭 드 보통의 《불안》을 읽고

독일의 극작가 실러Schiller(1759~1805)는 그의 희곡 《피콜로미니Die Piccolomini》에서 "우리가 두려워하는 공포는 종종 허깨비이지만, 그럼에도 불구하고 실제 고통을 초래한다"고 말했다. 이는 구체적인 실체가 없음에도 불구하고 사람들을 끊임없이 불안하게 만드는 공포의 특성을 암시하는 것이다. 실로 현대사회를 살아가는 우리들은 공포로 인한 불안에 시달리며 살아가지만, 그것에 어떻게 대처해야 할지에 대해서는 분명하게 알지 못한다. 그리고 대책을 모른다는 데에서 오는 공포는 불안감을 더욱 자극한다. 이런 악순환의 고리를 끊기 위해서는 불안 속 깊숙이 뿌리박힌 원인에 대한 이해가 필수적이다. 하지만 막상 그 원인을 들여다보고자 한다면, 복잡한 요인들이 얽혀 있다는 점을 깨닫고 무기력해질 것이다. 이 시점에서 우리는 궁금해진다. 과연 이 얽히고설킨 '불안의 칡덩굴'을 한 번에 끊어낼 수 있는 방법은 없을까.

알랭 드 보통Alain de Botton(1969~)의 저서 《불안Status Anxiety》[1]은 불안의 이유를 풀이하는 하나의 길잡이로서 의미 있는 통찰을 제공한다. 그는 현대인들이 느끼고 있는 불안이 높은 지위를 바라는 마음으로부터 비롯되었다고 주장하면서, 여러 학자들의 생각과 역사 속의 이야기들을 적절하게 끌어와 '현대의 불안'을 재조명한다. 그는 우선 불안의 원인으로 다섯 가지를 지적한 뒤, 이에 대해 다섯 가지의 해법을 제시하고 있다. 원인 부분의 1장은

(…중략…)

우리가 이 책을 읽으며 주목해야 할 또 하나의 요점은 '현대성'이다. 저자 보통은 과거 고대 그리스 폴리스에서 나타난 사회상이나 중세시기 서유럽의 사회상과 더불어 근대 산업사회와 현대 정보사회의 사회상을 비교해가면서 사회마다 어떤 유형의 인간상을 높게 평가했는지를 들려준다. 이런 비교를 통해 우리는 자연스럽게, 과거와는 구별되는 현대의 독특한 특성에 대해 주목하게 된다.

이를테면 과거의 주된 가치로 받아들여진 육체적인 힘이나 성스러움, 기사 정신, 신사적임 등의 요소들은 역사의 한 편으로 물러나고 현대에는 경제적 가치가 그 중심을 차지하게 되었다. 그러나 과거에는 오늘날과 달랐다. 보통은 중세 유럽을 지배하고 있던 기독교적 세계관, 루소 등 급진적 계몽주의자들의 사고방식, 마르크스와 엥겔스의 경우 등을 들어 과거 경제적 가치와 도덕적 가치 사이에는 비례 관계가 성립하지 않았다는 점을 보여준다. 그런데 이것이 현대로 넘어오면서 부는 곧 미덕이며 행복이라는 생각으로 바뀌기 시작한 것이다. 이제 가난한 이들은 육체적 고통

---

1) Alain de Botton, Status Anxiety, Penguin Books, 2004.
(번역본《불안》, 정영목 옮김, 은행나무, 2010)

만이 아니라 정신적 고통까지도 짊어져야 하는 처지에 이르게 된 것이다. 이렇듯 현대의 특징을 그동안의 역사와 대비하여 부각시키는 설명방식은 보통의 학문적 체계를 고스란히 반영하고 있다. 특히 역사학 전공자의 통찰력과 현대의 철학적 주제들에 대한 관심이 어우러진 그의 시각을 느낄 때 이 책에 대한 신뢰도는 더욱 높아진다.

마지막으로, 우리는 이 책이 과거 여러 시대의 다양한 가치관을 현대로 연결하는 일종의 '공론장' 기능을 수행한다는 점에 주목해야 한다. 각기 다른 시대에 살았던 철학자나 사회학자, 작가와 성직자들을 한 군데에 모아 그들 간의 갑론을박을 구현해냄으로써 보통은 '비동시적인 것의 동시성'을 달성해낸다. 이 속에서 그는 어느 한 극단으로 치우치는 것을 피하면서 여러 사람들의 손을 골고루 들어준다. 특히 보헤미안들의 입장을 소개하면서 그는 토론회의 공정한 사회자 역할을 충실히 수행한다. 현대 사회의 불안을 조장하는 '높은 지위에의 욕망'의 중심에는 부르주아들의 가치가 내포되어 있고 이에 대해 정반대의 위치를 고수한 자들이 보헤미안이기에, 그들의 중심 가치라 할 수 있는 '윤리적 양식과 감수성의 표현 능력'[2]을 중요시하는 삶이 곧 불안의 해소에 도움이 될 것이라 말한다. 무엇보다 주변의 시선에 신경 쓰지 말라는 보헤미안들의 방침은 불안의 직접적 원인을 제거하는 좋은 자세라고 할 만하다.

보통은 독자로 하여금 그들의 마음가짐을 따라해보라는 조언 하나만을 던져주고 가버리지는 않는다. 보헤미안들이 영적인 요소에 치중한 나머지 실제 삶에 있어서의 경제적 삶의 영위를 등한시했다는 것을 지적하

2) Alain de Botton, 《불안》, 정영목 옮김, 은행나무, 2016, 329면.

면서, 오히려 과도하게 경제적 성취를 배제함으로서 그들의 이상적 삶이 지속되는 데 방해가 되고 부르주아들보다도 더 경제적 문제에 깊이 묶여 살아야 했던 점을 비판한다. 결국 보통은 경제적 지위에만 매몰된 삶을 부정하고 있는 것이지, 일정 정도 이상의 경제적 가치 추구는 필요하다고 본 것이다. 즉 보통은 서양철학이 지속적으로 지니고 있었던 이분법적 사고에서 탈피한 모습을 보여준다. 물질적 가치와 영적 가치를 양 끝에 두고 어느 한쪽을 선택해서는 '불안' 문제에 바르게 접근할 수 없다는 것이다. 다만 현대사회가 물질적 가치에 지나치게 편중되어 있기에 그 균형을 맞추어보자는 시도로 그의 견해가 이해될 수 있을 것이다.

그러나 바로 그 최소한의 경제적 부마저도 달성 불가능한 구성원들의 불안 극복법에 대해서 보통은 대답을 미룬다. 유복한 가정환경 속에서 살아온 그의 생애와 일반 보편성에 초점을 맞추는 그의 철학을 생각해볼 때 이는 자연스럽게 맞닥뜨리게 되는 한계로 보인다. 그의 해법이란 불안의 원인을 알고 그것과 반대되는 것을 적절히 추구하면서 위로를 얻자는 방식이다. 그는 기존에 자신이 시도해오던 미시적 분석, 즉 인간 내면에 대한 탐구를 《불안》의 집필에 있어서 확대시키면서 사회 차원의 거시적 분석을 동원한다. 불안의 원인에 대해서는 그의 이런 시도가 효과적인 것으로 보이나, 해법에 와서 그는 다시 미시적 관점으로 돌아가버린다. 결국 그는 불안을 피하기 위해 생각을 바꾸는 방법을 다양하게 제시하지만, 불안을 근본적으로 없애는 방법에 대해서는 입을 다무는 것이다. 보통도 알고 있었듯 불안은 분명 그 불안을 느끼는 사람들의 심리적인 차원의 문제이기도 하지만, 애초에 불안이 발생하게 되는 구조적 차원의 문제도 간과해서는 안 된다.

물론 보통이 이 측면을 완전히 빠뜨린 것은 아니다. 그는 그 나름대로 '예술'이라는 부분에서, 특히 유머를 통해 사회의 단면을 꼬집고 변화를 향한 목소리를 낼 수 있음을 지적했다. 그러나 사회 제도라는 것은 관료적이고 조직적인 근대국가의 결정체라고 볼 수 있고, 따라서 보통이 제시한 아이디어만으로는 근본적인 변화를 불러일으키기에 동력이 부족하리라는 판단이 든다. 이런 부분을 생각해보면서 이 책을 읽어본다면, 독자들은 그가 제시한 방안을 넘어 한층 더 효과적인 불안 해소책을 고민해볼 수 있는 또 하나의 공론장을 만들어볼 수 있을 것이다.

위에서 지적한 한계에도 불구하고 현대 사회의 '불안' 개념을 이해하는 데 있어《불안》은 상당히 종합적인 관점을 제공함으로써 인류 사회 전반에 만연하게 된 불안의 영향력을 낮추어보고자 하는 용감한 도전이라는 점에서 의미가 있다. 이 책은 혼자만의 힘으로 끊어내기 힘든 '불안'의 끈을 완벽하게 잘라내는 '알렉산더의 검'은 아닐지 몰라도, 실타래의 시작을 찾기 쉽도록 몇 마디의 끈을 잘라주는 가위의 역할은 충분히 해낼 수 있다. 불안에 떨며 살아가는 사람들에게 알랭 드 보통의 이야기는 사회가 낙인찍는 '실패자'가 진정 실패자는 아니라는 점을 우리에게 들려주며 한 발짝 더 주체적인 삶을 살아갈 수 있도록 도와줄 것이다.

이 서평은 대학교 1학년 학생의 글이다. 여기서 대상으로 삼은 책은 난이도가 있는 책이다. 사조나 철학가, 전문 용어도 많이 나오고, 오랜 역사를 거슬러 올라가면서 예시를 찾기 때문에 배경지식 없이 읽기 어려운 책이다. 사실 학생 수준에서 쉬운 서평은 아닌데 매우 깊이 있게 썼기에 두루 참고하자고 예시로 삼았다.

우선, 이 서평의 장점은 서론과 결론을 '불안을 끊는 방법'이라는 중심 생각으로 연결한다는 점이다. 그리고 또 다른 장점은 책에 끌려다니지 않는다는 것이다. 학생들은 어려운 책에 주눅드는 경향이 있다. 잘 이해하지 못했을 것이라고 생각하고, 감히 무슨 평가를 할 수 있을까 주저한다. 그런데 이 글은 대상 도서의 내용에 주눅 들지 않았다. 저자의 장점과 단점, 논의 전개의 장점과 단점을 조목조목 나열하면서 책에 대한 적극적 평가에 돌입했다. 아마 책 자체를 읽고 이해하는 데 상당한 시간을 들였으리라 예상된다. 내용을 장악하고 있다고 판단하지 않으면 이렇게 장단점을 뽑아낼 수 없다. 나아가 이 서평은 하고자 하는 말이 명확하다. 본인이 읽은 책에 대해서 딱 이만큼의 가치가 있다고, 세부 조건을 들어 현대적인 의의를 찾아내고자 했다. 글에 조금 장황한 설명은 줄일 필요가 있지만, 현대의 청년층이라는 자기 정체성을 확고하게 세우고 책을 해석하는 데 주저하지 않았다는 점에서 학생이 쓴 좋은 서평의 예시라고 할 수 있다.

학생이 쓴 예시라는 점을 전제로 위의 사례를 읽어보고 서평의 필수 요소들을 찾아보는 훈련을 해보기 바란다. 전공자가 쓴 보다 전문적인 서평들은 계간지나 월간지 등 다양한 정기잡지의 후반부에 수록된다. 서평만 수록하는 잡지도 있으니 참고할 수 있다. 이 자료들은 서점에서 찾을 수도 있지만 학술 데이터베이스 제공 사이트(RISS, 한국학술정보, DBpia)나 도서관 정기간행물실에서 확인할 수 있다. 많은 서평을 읽어보면서 자신만의 서평 스타일을 찾기 추천한다.

나아가 이 책을 통해 서평이라는 특별하고 어려운 글쓰기를 무사히 완수할 수 있기 바란다.

5 어려운 책 쉽게 뜯어 읽기 – 일명 '햄버거 독서법'

이 설명은 웃으면서 들으실 부분이다. 왜 다들 수업은 진지해야 한다고 생각할까? 웃기게 수업하고 깔깔대며 배우면 학습이 아니라고 생각할까? 나는 수업의 첫째 덕목은 '안 자게 하는 것'이라고 생각한다. 웃으면서 들어야, 즐겁게 이해해야 내 것이 된다. 이 챕터도 마찬가지다. 웃으면서 들어도 남는 게 있을 거라는 말이다.

오프라인에서 서평 특강 수강생들이 슬슬 지치기 시작할 때 띄우는 사진이 있다.

맞다. 이건 햄버거다. 생뚱맞게 무슨 햄버거냐고? 배고프게 하려는 마음은 조금도 없다. 지금 우리는 햄버거를 통해 서평에 임하는 자세를 고찰하고자 한다.

서평을 쓰려는 사람은 대개 어떤 느낌을 받느냐 하면, 자신이 링 위에 올라간 복서 같다고 느낀다. 그것도 나는 라이트급 복서인데, 저쪽(책)은 헤비급 복서다. 발이 안 떨어지고, 그러니까 입도 안 떨어지고, 잽도 나가질 않는다. 뚜벅뚜벅 걸어 나가 내 핵주먹을 받으시오, 하는 것은 프로 복서의 자세다. 우리 예비 서평러나, '지금 막 시작한' 초보 서평러의 자세는 아니다.

그러므로 초보의 경우에는 정공법으로 싸우지 말고 전략을 세워 책과 맞붙는 편이 좋다. 책을 사면 덥석 1장부터 읽어나가는데 그럼 내용이 전혀 감이 잡히지 않을 때가 있다. 이럴 때에는 흥신소의 마음으로 책의 뒷조사를 하고 책을 충분히 상상하고 염탐하고 들어가도록 하자. 단계를 나누자면 이렇다.

어마무시한 햄버거라면 우선 '위의 빵' 부분부터 먹는다. 위의 빵이란, 책의

- 저자 소개
- 머리말(서문)
- 목차

에 해당한다. 요 빵부터 날름 먹고, 책을 막 상상해본다.

다음에 햄버거를 뒤집어서 '아래 빵' 부분을 해치운다. 아래 빵이란,

- 옮긴이의 말
- 저자 후기
- 편집자 후기
- 텍스트에 대한 기존의 평가

에 해당한다. 이런 자료를 읽을 때에는 주의사항이 있다. '옮긴이의 말'이라든가 '역자 후기' 등 다른 사람이 쓴 서평을 읽고 나

서 그 글에 너무 사로잡히지 않도록 한다. 간혹 잘된 남의 평가에 사로잡히면 나만의 평가가 전혀 나오지 못하는 경우가 있다. 혹은 따라 쓰고 싶은 표절의 유혹에 빠질 때도 있다. 그러므로 타인과 내 의견을 반드시 구분하고, 나만의 생각을 도출시키는 데 집중해야 한다.

이런 사전 조사를 하고 나서 본문 텍스트를 읽기 시작하면 헤비급 복서가 좀 덜 무섭다. 전략을 짜고, 상상하고, 예비하고 링에 들어왔으니 시간 분배나 체력 절약에도 도움을 받을 수 있다.

6 빈칸을 따라 채우면 서평이 되는 '마법 노트'

아래는 초보 서평러들을 위해 만든 연습 페이지이다. 앞, 중간, 끝부분이 구분되어 있고 각 부분에 흔히 요구되는 요소를 힌트로 제시해놓았다. 친절한 저자는 예문도 달아드렸다.

서평러께서는 빈 줄에 무슨 내용을 쓸 것인지 메모해보시기 바란다. 우리 학생들은 이 종이를 매우 좋아해서 "더 주세요"라고 했으니, 여러분께서도 믿고 쓰면서 루틴을 조금 외워도 보시라.

제목의 자리 →

부제의 자리 → 의 《 》을 읽고

1. 저자 및 책 정보 소개

(책의 원제목이나 출간 시기 등 서지, 저자에 대한 정보, 전반적 작업에 대한 요약, 시도가 지닌 간략한 의의)

예시1 에리히 프롬Erich Fromm(1900~1980)의 대표 저작인《사랑의 기술THE ART OF LOVING》은 출간된 지 오래된 책이면서도 여전히 스테디셀러의 자리를 지키고 있다. ~

예시2 《사랑의 기술》(1956)의 원제는 "THE ART OF LOVING"으로서, 에리히 프롬Erich Fromm(1900~1980)이 가장 왕성하게 활동할 때 출간된 대표 저작물이다.[1] 당시 이 책이 ~

예시3 《사랑의 기술》[2]은 에리히 프롬Erich Fromm(1900~1980)의 대표 저작이다. 저자는 이 책을 통해 ~

1) 한국에서 이 책은 황문수 번역(문예출판사, 2000)으로 출간되었다.

2) 에리히 프롬의《사랑의 기술》(원제 "THE ART OF LOVING")은 1956년 초판 발행되었으며 문예출판사에서 황문수 번역(2000)으로 출간된 바 있다.

2. 줄거리 압축적 요약

(목차 따라 줄거리 요약하기, 자기 방식으로 줄거리의 강약을 줄 것, 세세한 것 다 쓰지 말기, 전체 장·절 구성 언급 가능, 삽화나 도표 등 언급 가능)

예시 이 책은 모두 4장으로 구성되어 있다. 그중에서도 작가의 핵심적 주장은 3장에 집약되어 있다. 우선 1장에서 저자는 '사랑은 기술인가'에 대한 문제를 제기한다. 이 책의 주된 논의는 자연발생적이며 인간적인 감정인 사랑이 과연 '기술적'으로 훈련될 수 있느냐에 관한 것이다. 그렇지만, 이 논의를 위해서 저자는 우선 그 가능성을 점검한다. 이에 해당하는 부분이 이 책의 1장 〈사랑은 기술인가〉 부분이다. 에리히 프롬은 여기에서 ~. 이어 2장에서 저자는 ~. 특히 여기서 우리가 주목해야 할 내용은 ~.

____

____

____

____

____

____

3. 분석 및 인용 부분 (핵심 파트)

(중요한 부분 인용하기, 구성 요소 분석하기, 주목할 부분과 아쉬운 부분 등 언급하기, 전체 분량에서 50% 이상 쓰기)

예시 이 책에서 가장 매력적인 부분은 / 이 책에서 아쉬운 점은 / 이 책의 이러한 장점들에도 불구하고 독자들은 / 이 책에서 가장 인상적인 부분을 꼽자면 / 이 책의 장점을 꼽자면 / 이 책의 가장 큰 덕목은 / 이 책에서 미학적으로 가장 중요한 부분은 / 이 책이 사상사적으로 가장 큰 울림을 주고 있는 부분이 / 이 책의 구성적인 특징은 / 이 책의 문체적인 특징은 / 이 책의 내용상 특징은 / 이 책의 전개상 특징은 / 이 책은 다분히 ○○적이어서 독자들에게 ○○함을 준다는 특징이 있다. / 이 책이 ○○를 논한 다른 저서들과 가장 큰 차별성을 지닌 것은 / 외적인 면에서 이 책은 / 내적인 면에서 이 책은 사실상 ○○을 지향하고 있으며 / 특히 ○○ 부분에서 우리는 이 사실을 확인할 수 있다.

이 중에서 3가지 문장을 가능하게 만들어 써보자.

4 . 결말 부분

(책에 대한 평가를 압축적으로 점검하면서 의의를 최소 1문장 표현하기)

이 책은 ~

____

____

____

____

TIP

- 맨 앞부분은 전체 분량의 20% 정도가 적당하다. 처음-중간-끝 3단 구성을 선택했다면 미리 분량을 설정해놓고 그만큼 채우자. 처음 부분은 20%, 끝부분은 15~20% 정도 분량을 미리 정해두는 것이 좋다. 그래야 전체적인 분량 균형이 잘 잡힌다. 나머지 분량은 자연스럽게 중간 부분에 할당하면 된다.

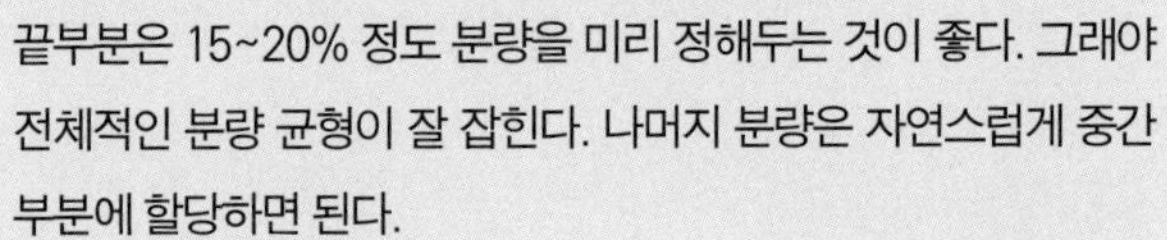

- 마무리 부분은 서론격인 앞부분보다는 적게 쓴다. 흔히들 마무리는 요약이라고 생각하는데 서평은 그렇지 않다. 중간 부분에 줄거리가 이미 들어갔기 때문에 요약이 있으면 오히려 지루해진다.
- 장절 제목이 고작 한 단어로 이루어져 있다면 많이 성의 없어 보인다. 소제목을 '줄거리'라든가 '소개' 등 짧은 한 단어로 때우지 말자. 분량이 적거나 제목 붙이기에 어려움을 느끼는 경우에는 아예 장이나 절을 나누지 않는 것이 좋다

책 읽고 글쓰기

초판 1쇄 발행 2020년 3월 20일
초판12쇄 발행 2024년 11월 25일

지은이 나민애

발행인 심정섭
발행처 (주)서울문화사
등록일 1988년 12월 16일 | **등록번호** 제2-484호
주소 서울시 용산구 한강대로 43길 5 (우)04376
구입문의 02-791-0708
팩시밀리 02-749-4079
이메일 book@seoulmedia.co.kr

ISBN 979-11-6438-025-1 (03800)

- 책값은 뒤표지에 있습니다.
- 잘못된 책은 구입처에서 교환해 드립니다.